마침내
우리
봄이
되고왔다~

희망의 메시지
시의 숲에서 건네는

마침내
우리
봄이
되고왔다

양재성 쓰고
전혜성 그리다

바람꽃

| **일러두기** |

- 단상을 쓰셨던 시점 그대로 실었습니다.
- 시인의 표현을 활용한 곳은 *로 표기하고 책 끝부분에 출처를 밝혔습니다.

최선의 맞불 지피기

나는 서울 전철 플랫폼에 서서 전철을 기다릴 때면 여기저기 초승달같이 떠 있는 시들을 읽는다. 그 순간에는 이 번잡한 대도시를 넉넉히 견딜 수 있는 너그러운 마음이 되고는 한다. 시인이야말로 우리나라를 사랑할 수 있도록 사랑의 축으로 끌어당기는 큰 자석이구나. 참 고맙구나.

역사의 유일한 교훈은 사람들이 역사에서 배우는 것이 거의 없다는 점이라고 한다. 이러한 역사의 비극에도 불구하고 마술같이 다시금 계속해서 세계와 사랑에 빠질 수 있게 하는 존재가 시인이다. 시인은 역사의 심연과 우주의 탄식을 모두 견디며 변함없이 새로운 창조의 문을 여는 신의 선물을 잉태하고 있다.

농부 시인 양재성 목사가 기독교 동네에 살면서 부지런히 자신의 영혼 깊은 곳에서 탄생하는 생명수를 너그럽게 나누고 있다. 고맙기 그지없다. 그가 길어 올리는 생명수를 내가 사는 동네에 때때로 퍼 나르는 사람으로서 양재성 목사의 단상 모음집

출판을 진심으로 기뻐하며 축하한다.

최악에는 최선으로 대응해야 한다. 최선의 맞불을 지피기 위해서 우리에게는 시인과 예술가가 필요하다. 우리 속에 잠들어 있는 시인과 예술가를 지그시 일깨우는 양재성 목사의 일상의 춤사위가 시인이자 예술가였던 예수를 오늘에 되살리는 아름다운 봉화요, 맞불의 씨앗을 여기저기 뿌리는 거룩한 농사가 되기를 기대한다.

배현주 목사
(기독교환경운동연대 공동대표, 친구들교회 설교목사)

우리의 희망, '시가 있는 하루'

지구 생태계가 기후문제로 위기를 맞고 있습니다. 인간의 탐욕과 오만으로 인한 과도한 탄소 배출은 생명의 땅 푸른 지구를 뜨겁게 달구고 지구의 죽음을 앞당기고 있습니다. 세계를 휩쓴 바이러스의 침공, 코로나 팬데믹이 겨우 조금 잦아드는가 싶더니 러시아가 우크라이나를 쳐들어가고 화약고 중동지역 팔레스타인이 불붙어 타기 시작했습니다. 하루에도 수천수만의 생명이 지구온난화로 인한 가뭄과 산불, 폭풍과 물난리로, 새롭게 창궐하는 질병으로, 절대빈곤과 상대적 박탈감으로, 명분 없는 전쟁으로 죽어가고 있습니다.

4차 산업혁명의 고도 문명시대 앞자리에 있는 우리나라는 오히려 극심한 빈부 격차 속에서 최고의 자살률을 자랑하며 오늘도 많은 이웃이 혼자 쓸쓸히 죽어가고 있습니다. TV 켜기가 무섭고 신문을 펴들기가 두려운 시대에 우리는 살고 있습니다. 저도 아침을 맞기가 힘들 때가 많습니다.

이런 때 어김없이 아침마다 희망의 메시지를 만납니다. 양재성 목사님의 '시가 있는 하루'입니다. 때에 맞는 시 한 편과 거기에 붙인 단상, 이제는 저의 아침기도가 됐습니다. 아니, 양재성 목사님과 마주 앉아 두 손을 꼭 잡고 드리는 기도입니다. 답답한 마음이 풀리고 편안해집니다. 때론 아프고 안타까운 마음이 위로를 받고 어수선한 마음의 물결이 잔잔해집니다. 절망 속에서 희망의 빛을 보기도 합니다. 출근이 바쁠 때는 지하철에서 보기도 하는데 온갖 소음으로 가득한 전동차 칸도 고요 속에 따뜻해짐을 느끼기도 합니다. 그 시간만은 푸른 초장이요 시원한 그늘입니다. 그렇게 희망의 메시지를 매일 받아본 지도 어언 5년이 넘은 것 같습니다.

혼자 차지하고 즐기기가 아까워서 나누고 싶었습니다. 시와 단상을 함께 읽으며 공감대를 형성하고 싶었습니다. 목사님께 양해를 구하고 가장 가까이 있는 가족과 내가 가르쳤고 지금도 인연을 이어가고 있는 제자들, 시를 좋아할 만한 친구들에게 보내기 시작했습니다. 몇 명으로 시작한 것이 지금은 50명이 넘습니다. 방을 따로 만들지 않고 한 분 한 분에게 매일, 따로 보냈습니다. 보낼 때마다 이름을 부르며 얼굴을 떠올려 보는 것도 여간 즐거운 일이 아니었습니다. 이렇게 저는 양재성 목사님 덕분에 매일 제가 사랑하는 사람들과 아름다운 소통을 하고 있습니다. 그날의 시와 단상에 대한 느낌과 생각을 댓글로 보내주기도 하는데 시도 좋지만, 단상이 훨씬 더 마음에 와닿는다는 의견이 많았습니다.

양재성 목사님의 단상은 그날의 시를 소재로 하거나 영감으로 쓴 다른 한 편의 시입니다. 목사님의 기도이며 예언입니다. 따로 떼어놓아도 훌륭한 한 편의 시입니다. 그래서 이 책은 시집이며 명상록이며 예언서입니다. 이 절망의 시대에 가을 하늘이며 겨울 얼음장 밑을 흐르는 샘물입니다. 그래서 우리의 희망입니다.

이수호
(노동공제연합 사단법인 풀빵 상임이사장)

간절히 부르면 희망은 온다

"모든 예언자는 시인이었다"

구약학을 가르치던 교수님의 말씀이 가슴에 박혔다. 예언자(Navi)는 '하나님의 부름을 받고 하나님의 대리자로 보냄 받은 자'다. 예언자의 '예'는 미리 '예像'가 아닌 맡을 '예預'로 미래를 내다보는 자가 아니라 하나님의 말씀을 맡은 자다. 하나님의 말씀을 맡기 위해서는 하나님 앞에 온전히 무릎 꿇고 그 뜻을 묻고 하느님의 말씀에 경청해야 한다. 하나님은 성전에 계시지만 때로는 거리에, 천지자연에, 고난의 현장에 계신다.

예언자는 진리를 찾는 구도자요, 진실을 향한 순례자이며, 자유롭고 평등한 사회를 이루고자 하는 운동가요, 하나님 나라를 실현하는 혁명가였다. 예언자의 목표는 순례를 통해 하나님께 도달하는 것이다. 진실, 그 자체이신 하나님과 하나가 되는 것이다. 호모 데우스(home deus, 신이 된 인간)가 되는 것이다. 이게 신앙의 참된 의미요 목적이다.

시인은 예언자요,

하늘과 내통하는 신비가다

시인은 거룩한 관찰자요

하늘에 순명하는 수도사다

시인은 하늘과 연통하는 자연을 알아보기에

자연을 성서라고 고백한다

1980년대, 어떤 시인들의 시는 주먹을 불끈 쥐게 하고, 혁명을 꿈꾸게 했다. 민주화 투쟁 현장에서 시를 읽는 것만으로도 위로가 되었다. 가끔은 밥을 먹는 것보다 시를 읽는 것이 더 중요했던 적도 있었다. 시를 읽고 암송하는 걸 좋아했다. 아주 가끔 시를 쓰기도 했다. 그렇게 나는 시에 경도되었다.

때로는 시가 몽둥이를 막아내고 법을 이긴다고 믿었다. 시가 시인을 가난하게 해도 세상을 구원한다고 믿었다. 시집을 들고 다니는 것만으로도 뿌듯한 적이 있었다. 그때 나는 아무것도 없었지만 모든 것을 가진 듯 당당했다.

40여 년 넘게 시의 종교에 귀의하여 시의 신자로 살아온 나는, 시가 나는 물론 지구를 구원할 것을 믿으며 지금도 매일 시를 읽는다. 시인이 대통령이 되고, 시인이 국회의원이 되고, 시인이 목사도 되고, 시인이 농부도 되고, 청소부도 되고, 시인이 시장 상인도 되는 사회에서 살고 싶다. 모든 국민이 시인이 된다면, 가난하지만 초라하지 않고 단단하게 제 삶을 꾸려가는 사람이 된다면, 세상은 지금보다 더 나아지지 않을까?

지금은 '시가 있는 하루'라는 이름으로 서신을 보내고 있다.

2016년 사순절이었다.

매일 성서묵상을 교우들에게 보냈다.

하느님이 말씀하셨다.

"너, 시 좋아하는데 시도 한 편씩 같이 보내보지."

"그럴까요."

성서묵상과 더불어 시를 한 편씩 보냈다.

하느님이 다시 말씀하셨다.

"시만 보내지 말고 시 단상도 적어 보내보면 어떨까?"

"그럴까요."

사순절이 끝난 후, 성서묵상도 시를 보내는 것도 중단했다.

며칠 뒤 하느님이 다시 말씀하셨다.

"시 단상은 계속 보내보지 그러냐?"

"네? 그럴까요."

그 이후 지금까지 매일 시 한 편을 골라 묵상하고 그 단상을 적어 지인들에게 보내고 있다. 그중에 매일 서른 분 이상이 답신을 보내준다. 소중한 울림이다.

절망의 시대에 희망을 노래하고 싶었다. 간절히 부르면 희망은 온다고, 한 편의 시가 세상을 구원할 수 있다고 믿기 때문이다. '시가 있는 하루'를 운영하는 일은 나의 기도가 되었고 수행이 되었다. 고마운 일이다.

그간 정말 많은 시를 만났다. '시가 있는 하루'에 사용된 시만도 3,000여 편이나 된다. 소중한 시를 만나게 해 준 시인들에게 깊이 감사한다.

박연숙 선생이 '시가 있는 하루'를 단상집으로 만들자고 제안했을 때, 참 고마웠다. 그간 여러 사람이 책으로 만들자고 권했지만 엄두를 못 내고 있던 터였다. 단상집을 만든다고 '시가 있는 하루'에 대한 소감을 부탁드리자 많은 분이 보내주었다. 정말 과찬의 글이다. 고마운 마음을 전한다. 저작권 문제로 시를 싣지 못하는 게 아쉽지만 지인들의 응원으로 아주 훌륭한 글집이 나오게 되었다. 아울러 글집에 멋진 그림을 선사한 전혜성 군, 예쁘게 책을 만들어 준 박연숙 선생과 후원해 준 지인들에게 감사한 마음을 전한다.

바라기는 이 작은 책이 희망을 길어 올리는 마중물, 추운 겨울을 훈훈하게 하는 화롯불이 되었으면 좋겠다.

2023년 가을에
양재성
(기독교환경운동연대 상임대표, 감리교생태목회연구소장)

차 례

1부

타자를 위해 흘리는 눈물,
그건 사랑이다

가방 하나

백무산

두 여인의 고향은 먼 오스트리아
이십대 곱던 시절 소록도에 와서
칠순 할머니 되어 고향에 돌아갔다네
올 때 들고 온 건 가방 하나
갈 때 들고 간 건 그 가방 하나
자신이 한 일 새들에게도 나무에게도
왼손에게도 말하지 않고

더 늙으면 짐이 될까봐
환송하는 일로 성가시게 할까봐
우유 사러 가듯 떠나 고향에 돌아간 사람들

엄살과 과시 제하면 쥐뿔도 이문 없는 세상에
하루에도 몇 번 짐을 싸도 오리무중인 길에
한번 짐을 싸서 일생의 일을 마친 사람들
가서 한 삼년
머슴이나 살아 주고 싶은 사람들

이렇게
제 길을 가는 사람들이 있다

사실 가만히 들여다보면
자연은 모두 제 길을 가고 있다

하지만 인류는
제 길에서 너무 멀리 떠나왔다
너무 늦기 전에
제 길로 돌아가야 한다

하늘의 뜻에 복무하며
제 길을 걷는 사람들

소록도의 천사, 마리안느와 마가렛
언젠가부터 그들에겐 사는 게
모두 제 길이었다
덕분에 세상은 좀 더 착해졌다

그들을 위해 한 삼 년
머슴을 살아주고 싶다는 시인 백무산
그가 눈물 나게 고맙다

푸른 눈의 마가렛 수녀

그녀는 몸이 아파오자
짐이 되고 싶지 않다며
몰래 제 나라로 돌아가더니
얼마 전 숨을 거두었다
머리 숙여 존경의 마음을 바친다
고마운 마음을 전한다

나의 배후는 너다

이수호

누구에게나 배후는 있다
동해 일출과 서해 낙조
떠도는 구름 고운 별무리
그 뒤에는 언제나 하늘이 있는 것처럼
너의 뒤에도 하늘이 있다
어젯밤 너의 하늘은 온통 비바람이더니
오늘 아침 이렇게 햇살 곱구나
때로 나는 너의 배후를 의심하고
너의 하늘마저 질투해서
고민하고 몸부림치지만
너의 하늘은 너무나 커서
언제나 꿈쩍도 하지 않는다
그래서 너는 언제나
고우면서도 빛나면서도
쓸쓸하면서도
폭풍우 몰아치고 캄캄하면서도
넉넉하고 당당하다
나의 배후는
너다

어린 시절 나의 배후는 어머니였다
어머니가 눈물 흘리며
누군가에게 기도하는 모습을 본 후
어머니에게도 배후가 있음을 알게 되었다
그리고 어머니의 배후가
언제부턴가 나의 배후가 되었다

그 배후는
시대적 정황에 따라 바뀌었다
때로는 정의와 평화로
때로는 생명과 희망으로
억울한 자, 고난받는 자, 노동자,
농민, 사회적 약자란 이름으로
때로는 신비로 바뀌었다

모든 존재에게는 제 배후가 있다
그의 배후를 알아야만
그 사람의 진심을 알 수 있다

지금 나의 배후는 예수다
예수의 배후는 하느님이요
하느님의 배후는 누구일까?
고아와 과부, 지극히 작은 자다

이젠 명료해졌다
어머니의 배후는 나였다
아, 어·머·니!

이순耳順에 더 간절해지는 희망

내 나이 이제 이순耳順이다

십대에 학문하고
이십대에 감히 신을 배우겠다고
신학교의 문을 두드리고
변혁의 소용돌이에 휘말려
시집을 들고 거리를 전전하다가
서른 즈음에 혼인하고
목회를 시작한 곳이 함양이다

지리산과 인연의 시작이다

지리산을 동경하고
지리산을 오르고
지리산 이야기에 경청하고
지리산을 사랑하고
지리산을 배웠다

어느새 지리산은
내 안에 깊이 들어왔고
난 매일 지리산을 오른다

불혹의 나이에 상경하여

환경을 살린다고 동분서주하다가
지천명을 지나 이순이다

귀가 순해져서
모든 소리를 받아들인다는
이순이 되면
모두들 조금 착해진다
누군가의 말을 들으면
그 미묘함까지 알게 되며
말을 들으면 곧 그 이치를 깨닫는다
소리가 마음과 통하니 거슬림이 없고
지극한 경지에 이르렀으니
생각하지 않아도 저절로 된다

누군가는 이순에 수영을 시작하고
어떤 이는 오카리나를 배우고
누구는 공인중개사 자격을 취득했다는데
난 이순에 농사를 시작했다
흙을 만지고 포크레인을 배운다
이 설렘과 희열은 무엇인가

인생이란 참 얄궂다
기후재앙이 밀려온다고 난린데
한가롭게 농사라니
어떤 소리에 끌려 예까지 왔으니
이젠 가봐야지 별수 없다

이순인데도
더 나은 세상을 향한 희망은
꺼질 줄 모르고 타오른다

희망은 이순에도 더 간절하다

농부 만세

초등학교 땐 축구선수가 꿈이었다
운동장에서 크게 다치고 나선
장군이 되고자 했다
중학교 땐 정치가가 되고 싶었고
고등학교 땐 목사가 되고자 했다
신학대학교에 들어가선 노동자
군대에서는 혁명가가 되고 싶었고
어른이 되어서 목사가 되었다
목사가 된 후엔
좋은 사람이 되고자 했다
그리고 지금은 농부가 되었다
아들과 함께 농사짓는 꿈을 꾼다

축구선수가 없어도 살 수 있고
정치가, 대통령, 판검사, 의사, 사업가, 목사는
없어도 살 수 있는데
농부가 없으면
우리는 단 한순간도 살 수 없다
농農이 천하의 근본인 까닭이다
농부를 존중하고
소중히 여겨야 하는 이유다

농부 만세!

고마운 당신

눈송이 같았던 당신이
내게 처음 왔을 때
"아, 이 사람이야" 하고 생각했다

제비꽃 같은 당신이
봄을 안고 왔을 때
내 삶은 늘 봄날이었다

시월의 마지막 날
함께 길을 가자는 나의 초청에
기꺼이 손을 내밀어 준 당신
결코 쉽지 않은 길에
동행이 되어준 당신으로 인하여
정말 행복했다

한 사람이 태어난다는 건
유일회적 사건이며 우주의 일이다

한 사람 안엔
창조의 신비가 숨어 있고
우주의 비밀이 담겨 있다
생명의 역사가 새겨져 있고
사랑의 흔적이 남아 있다

생명이 존귀한 이유요
사람이 거룩한 까닭이다

나의 고마운 당신
미심이의 생일을 진심으로 축하한다
당신이 있어 비로소
세상은 의미를 갖는다

아버지의 자전거

흙먼지 날리는 시골길은
유년의 정겨움이 남아 있다
덜커덩거리며 타는 자전거엔
어릴적 그리움이 묻어 있다

장에 가신 아버지는
술이 얼근해서 자전거를 끌고
어두움과 함께 돌아오시곤 했다
마중 나간 어린 아들이
아버지의 자전거를 받아 끈다
집에 오는 길,
마중 나온 아들 덕에 아버진 기분이 좋다
자전거에 실린 묵중함엔
아버지의 고단함이 묻어 있다

오늘도 아들은
아버지가 보고 싶어지면
고인이 된 아버지를 마중 나간다

나의 등불, 어머니

말수가 적은 어머니는
꼭 필요한 말씀만 하셨다
그래서인지 어머니의 침묵은
깊은 신뢰를 주었다
어머니는 누구보다 열심히 일하셨고
마을에선 상일꾼이셨다
어머니 지나간 밭고랑엔
늘 땀방울이 떨어져 있었다

기도하는 사람인 어머니는
늘 새벽기도회에 참여하셨고
나이 들어 길눈이 어두울 땐
정해진 시간에 기도하셨다
아무리 귀한 손님이 와도
그 시간엔 기도하러 들어가셨다

어머니 기일을 맞아
어머니의 우정을 곱씹어 본다
문득 어머니가 생각날 때마다
"엄니, 고마워요" 인사를 건넨다

어머니의 그 진솔한 삶이
그대로 나의 등불이 되었다

어머니는 단 한번도
나의 희망이 아니었던 적이 없다
아, 어 머 니

사랑과 행복

사랑은
그 사람 속에 있는
신성한 기운을 깨워내선
신명나게 살게 하는 것

행복은
마주보는 그 사람 눈 속에서
맑음을 찾아내선
그 맑음으로 세상을 보는 것

사랑은
마음을 가지런히 하고선
동지가 되어
손잡고 한 지향점을 향하는 것

행복은
이미 내 안에 와 있는
결코 작지 않은 기쁨으로
나를 위로하는 것

그리움

하느님은
사람을 그리워하다가
끝내 사람이 되셨다

나무가
나무를 그리워하면 숲이 되고
숲은 그리움으로 산이 된다

한 방울의 물은
그리움 때문에 계곡이 되고
계곡은 다시 강이 되고
강은 이웃 강을 만나 바다가 된다

한 사람의 맑은 영혼은
다른 맑은 영혼을 그리워하다가
그 맑은 영혼을 만나면
어느새 하늘이 되고 우주가 된다

오늘도
가을산은 그리움으로 불탄다

아름다운 삶

처음부터 사는 이유가
따로 있는 것이 아니다
그냥 사는 것이다
아니 굳이 이유를 꼽는다면
그건 그리움 때문이다
신은 모든 존재 안에
그리움 하나씩 심어 놓았다
누군가를 만나면
그의 그리움을 본다
그리움의 빛깔이 비슷하면
금방 동행이 된다

나머지 반쪽을 찾아 나선 것도
그리움 때문이고
사랑으로 길을 걷는 것도
그리움 때문이다
꽃이 피고 지는 것도
나뭇잎이 더욱 푸르러지는 것도
그리움 때문이다
해가 뜨고 지는 것도
구름이 제 길로 흘러가는 것도
장맛비가 내리는 것도
실은 그리움 때문이다

매일 아침에 시를 읽는 것도
그 단상을 적어 보내는 것도
알 수 없는 그리움 때문이다

제 속에 있는 그리움,
그 그리움을 따라 사는 게
진정 아름다운 삶이다

사무여한 死無餘恨

사무여한 死無餘恨,
죽어도 아무 여한이 없다

같이 밥을 먹고
영화를 보고
차를 마시면서
회갑을 맞은 친구가
던진 말이다

성심을 다해 살았기에
더 이상 미련이 없다고
깃털처럼 가벼워진 삶
남은 생은 남을 위해 살고 싶단다

사무여한 死無餘恨
원불교 정산 종사의 고백이요
생을 하느님의 뜻으로 믿는 자의 순명이요
지극함으로 산 자의 노래다

"다 이루었다"

처참한 죽임 한가운데서
그분은 조용히 외쳤다

사무여한死無餘恨은

그런 것이다

친구의 남은 생이 기대된다

눈물 한 방울

인간이 인간일 수 있는 건
눈물이 있기 때문이다

타자를 위해 흘리는 눈물
그건 이미 사랑이다
그건 곧바로 정신이 된다

그 사람을 안다는 건
그의 눈물을 이해하는 것이다

눈물 한 방울보다
더 고귀한 건 없다고
이어령 선생이 투병 중에 육필로 쓴 글
〈눈물 한 방울〉

강제된 절제력으로
눈물을 흘리지 않았던 삶을
반성하고 또 참회한다

눈물 한 방울!
그것은 공감이요 공명이다

희망은 눈물 한 방울에서 오고 있다

하늘의 길, 사람의 일

우리 집에 오동나무 몇 그루,
나이 많아 빈 가지가 늘었다
베어내려 했는데
좀 더 지켜봐야겠다

빈 가지마다 딛고 선 까치들
곤줄박이, 직박구리, 박새, 멧새…
이 또한 선경이다

제 몸에 누구를 앉히는 일
저 아닌 무엇으로도 풍성해지는 일*
이게 하늘의 길이요
아, 이게 사람의 일이구나

* 나희덕 〈품〉

신앙의 동지를 위한 기도

신앙의 동지가
지금 많이 아프다

몸에 병이 들면
몸은 하염없이 외롭게
어려운 방정식을 푼다*는
어떤 시인의 말이 생각난다

아마 정신은 치열하게
삶을 선택해야만 할 것이다

하느님의 뜻을 따라
평생 정직하게 걸어온 그다
하느님께서 자비를 베풀어 주시길
진심으로 기도한다

신앙의 동지가
맘 단단히 먹고
매 순간 몸을 격려하며
정신줄을 놓지 않고
일상을 잘 살아내길
두 손 모아 빌고 또 빈다

* 황인숙 〈병든 사람〉

마지막 순간

누구에게나
마지막 순간이 찾아온다

어떤 이에겐
너무 빨리 찾아와 당혹스럽고
어떤 이에겐
너무 늦게 찾아와 지루하지만
마지막 순간은 온다

후배 목사 아내가 소천했다
살갑게 사랑하고 세 아이를 낳고
다복하게 살던 그가
어느 날 암 진단을 받았다
이미 늦어 수술도 못하고
살고 싶어 했지만 결국 먼 길을 떠났다
남편은 아무것도 해 줄 수 없는 것이
너무 가슴이 아팠다

선배 목사가 먼 길을 떠났다
이론과 현장을 잇고
실천하지 않는 이론은 무의미하다며
현장에 있는 후배를 지원하던 그가
중환자실에 있다는 소식을 듣고도

곧 일어날 것으로 알았지
황망하게 길을 떠날 줄 몰랐다

마지막 순간,
마지막 순간은 반드시 온다
다만 언제 올 줄 모르니
매일 매 순간이
마지막 순간이라 여기며 살아야 한다
지금 만나는 사람이
내가 만날 마지막 사람이라 여기며
환대하며 살아야한다
지금 하고 있는 일이
마지막 일이라고 여기고
성심으로 살아야한다

덜어내고 비워내면
성공도 실패도 부질없는 것을
지옥도 천국도 문제가 없는 것을
아니 지옥에서라도
꽃 한 송이 피울 용기가 있다면
그 생은 아름다운 것이다

2부

평화는 폭풍을 담고 있다.
목숨을 걸어야 온다

돌멩이 하나

김남주

하늘과 땅 사이에
바람 한점 없고 답답하여라
숨이 막히고 가슴이 미어지던 날
친구와 나 제방을 걸으며
돌멩이 하나 되자고 했다
강물 위에 파문 하나 자그맣게 내고
이내 가라앉고 말
그런 돌멩이 하나

날 저물어 캄캄한 밤
친구와 나 밤길을 걸으며
불씨 하나 되자고 했다
풀밭에서 개똥벌레쯤으로나 깜박이다가
새날이 오면 금세 사라지고 말
그런 불씨 하나

그때 나 묻지 않았다 친구에게
돌에 실릴 역사의 무게 그 얼마일 거냐고
그때 나 묻지 않았다 친구에게
불이 밀어낼 어둠의 영역 그 얼마일 거냐고
죽음 하나 같이할 벗 하나 있음에
나 그것으로 자랑스러웠다

"모두 병들었는데 아무도 아프지 않았다"

책상 앞 벽에 붙어 있는
이성복 시인의 시구가 빤히 쳐다본다

돌에 실릴 역사의 무게
불이 밀어낼 어둠의 영역
그 얼마냐 따져 묻지 않고
죽음 하나 같이 할 벗 있음에
행복했다는 시인의 말이
가을 하늘을 꽉 채운다

시는
넋두리가 아니고
투쟁을 호소하는 나팔소리라는
시인의 절규가
오늘도 나의 일상을 깨운다

서시

윤동주

죽는 날까지 하늘을 우러러
한 점 부끄럼이 없기를,
잎새에 이는 바람에도
나는 괴로워했다.
별을 노래하는 마음으로
모든 죽어가는 것을 사랑해야지.
그리고 나한테 주어진 길을
걸어가야겠다.

오늘 밤에도 별이 바람에 스치운다.

삼일혁명 104주년이다
이른 아침에 윤동주 시인의 서시가 찾아왔다

인간의 자유도
민족의 이상도
최소한의 신앙도
거세당한 식민의 삶
그건 차라리 죽음이었다

죽음마저 슬퍼하지 못하고
감금된 몸이 되어
조국의 독립을 목 놓아 부르던
시인 윤동주
독립은 그의 신앙이며 삶의 목적이었다

독립은 어느 날 저절로 찾아온 게 아니다
자신의 전부를 걸고
제 길을 간 사람들이 있어
독립을 이룬 것이다

아직 대한민국은
온전한 독립을 이루지 못했다
식민의 근성이 처처에 남아 있고
제국의 그림자가 곳곳에 어려 있다

제 몫의 십자가를 지고
제게 주어진 길을 걸어가야 한다
그게 우리가 가야 할 길이요
참사람으로 사는 길이다

희망은 주춤대지만
언젠가 반드시 오고야 만다

평화를 짓는 이

평화平和,
밥을 공평하게 나누어 먹는 것

농사를 지으면서 알게 되었다
밥이 얼마나 소중한지
밥이 왜 하늘이어야 하는지
밥에 얼마나 많은 이의 정성
기다림과 기도가 깃들여 있는지

밥에 고개가 숙여지는 이유다
밥 짓는 이들에게
절을 올려야 하는 이유다

그래서일까
평화는 점잖지 않다
평화는 그 속에 폭풍을 담고 있다
평화만큼 강력한 힘이 있을까
평화는 늘 피멍을 뒤집어쓰고 온다
아니 목숨을 걸어야만 온다

평화여,
어서 오시오
지체하지 말고 어서 오시오

역사의 멍에

70년 만이다
참으로 그 긴 세월을 어찌 살았을까
제주지법은 4.3항쟁 수형자들에게
무죄를 선고했다
무죄! 무죄! 무죄! 무죄다

미군정, 이승만 정권의 학살로
도민 3만 명을 무자비하게 죽이고도
빨갱이란 꼬리표를 붙여 70년을 괴롭혔다

미국과 대한민국 정부는
학살 피해자들에게 사과하고
그들의 잃어버린 삶을 찾아주어야 한다
그들의 억울한 인생을 배상해야 한다

우리가 누리는 소중한 자유는
그냥 온 것이 아니다
온몸에 박힌 피 냄새
그 역사의 멍에를 지고 살아온 사람들
그들의 피눈물이 지어낸 것이다

거룩한 분노

눈물을 흘리고 또 흘려도
마르지 않는 눈물이 있다
눈물로 남아 있는 사람들이 있다

하늘과 땅에, 바다에
청와대에, 거리의 사람들에게
호소하고 또 호소해도
염원이 남아 있는 사람들이 있다

먼저 간 자식에게
해 줄 것이 아무것도 없다며
오로지 진상규명 밖에 없다며
진상규명이 안 되면 살 이유가 없다며
삭발하고 단두대를 향해
걸어가는 사람들이 있다
세월호의 어머니들
세월호의 아버지들

그들에겐 매일 매일이 십자가요
일상이 단두대다

봄이 되면 피어나는 개나리꽃
밟아도 피어나는 민들레

세상을 온통 노랗게 물들이고도
아직 물들일 곳이 남아 있나보다
틈만 생기면 비집고 피어난다

노란 리본은
시대의 정의를 깨워내고
우리들의 양심을 일깨우고 있다

"미안합니다"
"기억하겠습니다"
"행동하겠습니다"

진실은 침몰하지 않는다고
거룩한 순례에 나서며
진상규명을 요구하는 사람들

거룩한 분노는
강물이 되어 흐르고 흘러
마침내 촛불의 바다를 이루었다
촛불혁명이다

불의한 정권은 무너지고
촛불 정권을 세운 지 4년,
아직도 진상규명은 오리무중이다

세월호 참사는

그렇게 7주기를 맞고 있다
아직도 피멍든 가슴으로
살아가야 하는 사람들이 있다
세월호의 아버지들
세월호의 어머니들

거룩한 분노는
영혼의 칼날을 벼리고
시대의 영혼을 키워내고 있다

아직 희망이 남아 있는 이유다

오늘은 세월호 참사 진상규명을 위해
청와대 분수대 앞에서 단식하며 기도한다
마음 모아 함께 기도하자

진·상·규·명

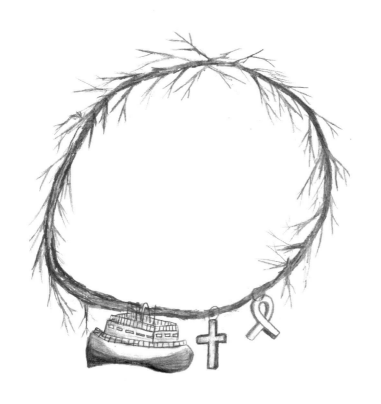

기억하겠습니다.

4월 혁명

자유 평화 민주주의
4.19혁명의 이상이다

그냥 주어진 것이 아니요
치열한 투쟁의 결과다
많은 사람의 피로 산 것이니
역사의 선물이다

자유를 갈망하는 사람들
평화를 희망하는 사람들
한 사람 백 사람 만 사람
어깨동무하고 일어나 외쳤다

대한민국은 민주공화국이다
대한민국의 주권은 국민에게 있다

저 산의 진달래 철쭉
우리 집의 산수유 개나리
거리의 벚꽃 유채꽃
4월의 꽃은 혼자서 피지 않는다
반드시 무리지어 피는 꽃들
4월의 영령들을 닮았다*

신성한 권리를 위해 일어나
정의를 배반한 불의를 심판하고
이 땅의 진정한 주인은
국민, 민중이라고 선포했다
진정한 민주주의의 실현이다

4.19혁명을 기억하며
그 이상을 붙들고 사는 사람들,
그들이 있어 희망은 아직 남아 있다

* 신달자 〈4월의 꽃〉

노동자 예수

이천 물류창고 신축공사장 화재로
40여 명의 노동자가 목숨을 잃었다
대부분 일용직 노동자였다
사고가 나면 힘없는 노동자들이 죽는다

오늘은 노동절,
노동자들의 날이다
노동자들이 주인이 되는 세상
국민이 주인이 되는 나라가
하느님의 나라라고 선포하신 이가 있다
노동자 예수다

예수를 주님으로 섬기는 교회가
서야 할 자리가 어디인지 분명하다

청년 전태일

1970년 11월 13일
청년 전태일이 분신했다

노동자는 기계가 아니라고
노동자도 사람이라고
근로기준법을 지키라고
이러다가 노동자들 다 죽는다고
대통령에게 편지로 호소하고
관청에 찾아가 애원하며
할 수 있는 일은 전부 했지만
현실은 넘을 수 없는 거대한 벽이었다

달리 길이 없었다
자신의 죽음으로
인류에게 구원을 선사한 예수처럼
자신의 몸에 불을 질렀다
노동자들이 인간으로 대접받고
인간으로 살아가길 염원하며

오늘
지인들과 전태일을 만났다
그를 만나면 미안하고 부끄럽다
노동자로 살아간다는 게

아직도 힘겨운 시절이다
연간 이천 명의 노동자가 일하러 나갔다가
집으로 돌아오지 못하고 있다

이 현실을 그대로 두는 한
우리 정치는 야만이며
우리 사회는 후진적이다

우린 언제 인간으로 살 수 있을까?
얼마나 많은 사람이 죽어야
인간으로 돌아갈 수 있을까?

청년 전태일이 그립다
그가 눈물 나게 고맙다

중대재해기업처벌법

천하에 생명보다 귀한 것이 있을까
하지만 노동자들의 생명은
돈 몇 푼으로 거래되고 있다

오늘날 대한민국에서
한 해에 2,400명의 노동자들이 일하러 나갔다가
집으로 돌아오지 못하고 있다
일터에서 죽임당하고 있다
동료들은 일하다가 죽기 싫다며
안전장치를 마련해달라고 항의하지만 묵살된다
야만의 시대다

참다못해 자식을 잃은 부모들도 나섰다
영하 10도가 넘나드는 엄동설한에
곡기를 끊고 국회 앞 노상에 나앉았다
다치거나 죽지 않고 일할 수 있게
중대재해기업처벌법을 제정하라며
목숨을 걸고 애원하고 있다

노동자, 시민, 종교인들도 나서서 외친다
더이상 일하다가 죽어서는 안 된다고,
그 어떤 것도 생명보다 우선할 수 없다고,
생명엔 신의 영혼이 담겨 있으며

그 영혼의 심지엔 신성한 빛이 있다고,
노동자들의 생명을 보호할
최소한의 안전장치를 마련하라고 호소했다
누구도 생명을 함부로 대할 수 없다
국회는 이리저리 타협해서
누더기 솜방망이 처벌법을 만들었다

처벌법 제정 이후
시간이 지나도 재해가 줄지 않자
원안대로 처벌을 강화해야 한다며
중대재해처벌법 강화 개정을 요구하고 나섰다
꼭 이루어지길 기도한다

광주

40년 전, 광주는
민족의 해방구였다
불의에 저항하는 몸짓이었다

지난 40년 동안 광주는
쓰라린 아픔이요 고통이었다
내일을 향한 자존감이었다

오늘 광주는
참 세계로 나아갈 희망이요
남북을 잇는 봄꽃이다
통일 조국의 밑돌이요
우리 민족의 해방자다

우리의 희망, 망월동

언니 오빠들이 봄비를 맞으며
노래를 부릅니다.
무덤 속의 오빠들에게
들려주는 노래입니다.
안경 쓴 할머니가
비를 맞으며
엉엉 웁니다.
무덤 속의 언니가
보고 싶은가 봅니다.
노래 소리를 듣고
무덤 속에서
제비꽃이 피어납니다.
엉엉 우는 소리를 듣고
풀잎들이
할머니 머리를 만져 줍니다.
5.18 묘역에서는
비가 와도
깃발이 펄럭입니다.

_김진경 〈망월동〉

1993년,
광주 서석초등학교 4학년 김진경이
전교조 5.18 글짓기 대회에서
으뜸상을 받은 작품이다

시인에게 비춰진 망월동이
처연하고 비장하고 눈물겹다
그리고 차마 아름답다

망월동은 그렇다
함부로 자유민주주의 운운하며
조롱해도 되는 곳이 아니다
아무나 무릎을 꿇어 대며
능욕해도 되는 곳도 아니다

우리는
무슨 부채감인지 의무에선지
5월만 되면 망월동을 찾는다
눈물이 마른 지 오래되었건만
묘비를 어루만지는 백발의 노인
초등학교 아이들을 쉬이 만난다

망월동은 우리에게 희망이다

광복

광복은
거저 얻은 게 아니다
미국의 총칼로 얻은 건
더더욱 아니다

광복은
제국에 맞선 사람
세상이 감당할 수 없는
그 한 사람의 거룩한 열망
목숨을 건 그 한 사람의
절실한 희망으로 온 것이다

78주년 광복절이다
동방의 등불,
신성한 빛을 다시 찾은 날이다

이 엄중한 날에 우린
심훈의 〈그날이 오면〉
이 시 한 편이면 충분하다

　　그날이 오면 그날이 오면은
　　삼각산이 일어나 더덩실 춤이라도 추고
　　한강물이 뒤집혀 용솟음칠 그날이

이 목숨이 끊기기 전에 와 주기만 할 양이면
나는 밤하늘에 날으는 까마귀와 같이
종로의 인경人磬을 머리로 들이받아 울리오리다.
두개골은 깨어져 산산조각이 나도
기뻐서 죽사오매 오히려 무슨 한이 남으오리까.

그날이 와서, 오오 그날이 와서
육조六曹 앞 넓은 길을 울며 뛰며 딩굴어도
그래도 넘치는 기쁨에 가슴이 미어질 듯하거든
드는 칼로 이 몸의 가죽이라도 벗겨서
커다란 북을 만들어 들쳐 메고는
여러분의 행렬에 앞장을 서오리다.
우렁찬 그 소리를 한 번이라도 듣기만 하면
그 자리에 거꾸러져도 눈을 감겠소이다.

이 시가
광복을 부른 것이다
광복을 오게 한 것이다

이태원 참사

미안하고 또 미안하다
위로하고 또 위로하라

다시는
이런 일이 일어나지 않기를
간절히 기도했고 기도한다

초대형 참사를 막기 위해서
우리가 할 일은 분명해졌다
성역 없는 진상규명이다

왜 위험을 대비하지 않았는지
왜 출동하지 않았는지
왜 보고체계가 엉망이었는지
참사를 사고로 희생자를 사망자로
둔갑시킨 지시자는 누구인지
왜 위기관리시스템이 작동하지 않았는지
정부는 어디에 있었는지
반드시 진상을 규명해야 한다

책임자가 드러나면
책임을 묻고 엄중히 처벌해야 한다

희생자들, 유가족들
슬픔에 잠긴 국민을 위한
최소한의 조치다

그다음은
남은 자들이 국가를 재구성해야 한다
모든 생명이 평화롭게 숨을 쉬는
생명평화 세상을 구현하는 일이다
이 일엔
보수와 진보, 좌와 우, 불교와 기독교
영남과 호남이 따로 있을 수 없다
한마음으로 새로운 길을 열어야 한다

아무것도 안 한 죄

이 무도無道한 시대
정말 아무것도 안 할 수 있을까
아무것도 안 했다는 것은
아무것도 안 한 것을 한 것이다

독일 나치 시절에
나치에 저항하는 시민들이
체포되어 가는 차량에
나치에 저항하지 않은 한 시민이
재수 없이 붙들려 왔다
자신은 아무것도 하지 않았다며
억울하다고 소리질렀다
그때 체포되어 함께 가던 시민이
입 닥치고 가만히 있으라고 소리쳤다

"아니 이 악한 권력에
아무것도 하지 않았단 말이요,
그게 참으로 사실이라면
당신이 체포되는 건 마땅한 일이요"

거짓을 보고도 아무것도 하지 않는 건
진실(신앙)을 부정하는 일이며
악을 보고도 그저 기도만 하는 것은

하느님을 부정하는 일이다

천국에 가면
아무것도 안 한 죄가 가장 크단다

시를 쓴다는 것은

시대의 양심이 무뎌질 때마다
우린 돌을 던졌다
때론 그 돌이
교회당 유리창을 깼고
법당의 창문을 부셨다
그리고 드물게
그 돌이 골리앗을 무너뜨렸다
낙수가 바위를 뚫듯
작은 돌이 혁명이 되곤 했다

시대의 영성이 병들 때
간혹 돌을 대신해서
제 몸을 던지는 이들이 있다

이들이 세상을 구원하고 있다

이 시대에
시를 쓴다는 것은
신을 따른다는 것이요
제 몸을 던지는 일이며
시대의 맥박을 깨우는 일이다

진짜 무서운 건

본회퍼 목사는 말한다

"미친 운전수에 치어
다친 사람을 돌보는 일도 소중하지만
미친 운전수를 끌어내리는 일은
더 소중하다"

정말 무서운 것은
불의한 세상을 보고도
눈 감고 침묵하는 것이요,
아무런 행동도 하지 않는 것이다

기록적인 집중호우로
수도 서울이 물에 잠겼다
앞으론 기후붕괴로 인해
이런 일이 더 자주 발생한단다

국민만 바라본다는 저들
한 번도 국민을 위해
일해 본 적이 없는 거짓말쟁이들이다
무지, 무능, 무관심, 무대책, 무책임
역대 이런 정부는 없었다

뻔뻔한 거짓말을 밥 먹듯 하는 게
가증스럽다
아픔을 아프게 느끼지 못하고
고통을 느끼지 못하는 자들
양심에 화인을 맞은 자들
그들의 무공감이 정말 무섭다

하느님,
우리를 불쌍히 여겨 주소서
이 민족에게 자비를 베풀어 주소서

소성리, 한반도의 중심

울진엔 천년 된 향나무가 있다
그 향기가 진한 이유는
나무에 자란 커다란 혹 때문이다
어린 시절 향나무는 큰 상처를 입었고
아픔을 참고 상처를 이겨낸 나무는
커다란 혹을 얻었다
보기 흉측한 혹이지만 그 혹에선
다른 향나무가 흉내 낼 수 없는
그만의 진한 향기가 난다

밤새 경찰의 강경 진압으로
소성리에선 치유 받을 수 없는
큰 생채기가 났다
참담, 비통, 배신, 절망, 분노…

진실로 세상을 바꿀 향기,
조만간 천지간에 충만할 게다
가장 아픈 곳이 중심이라면
이미 소성리는 한반도의 중심이다

나무는 열매의 키를 멈추고
속을 영글게 한다는 백로다
이제 그 맛과 향기는 더 진해진다

우리 민족끼리

2000년 6월 15일,
분단 이후 처음으로
남북 정상이 뜨겁게 포옹했다
손을 잡고 두 손을 치켜 올렸다
우리 민족끼리 자주적으로
통일하자고 약속했다
6.15 공동선언이다
이젠 됐다고
이젠 통일을 하겠구나 생각했다

그 이후
2007년 10월 4일 남북정상 선언
2018년 4월 27일 판문점 선언

우리는
갈라설래야 갈라설 수 없는
찢어질래야 찢어질 수 없는
아니 애초에
우린 분단될 땅이 아니었다

금을 긋고 경계를 정하고
담을 쌓고 철조망을 설치하더니
끝내 넘을 수 없는 벽을 만들었다

누가, 누가 그랬단 말인가

분단, 그 벽에 갇혀
혐오와 증오로 살아온 세월이었다
이제 청산해야 한다

언제라도 전쟁이 발발할 수 있는
긴장의 땅, 한반도
이젠 평화의 땅, 한반도로
돌려놓아야 한다
한반도의 평화적 통일을 위해
힘을 모아야 할 때다
힘을 보태야 할 때다

한반도 평화

초등학교 3학년 내 아들의 학교에서 제 아비 때처럼 아들 때에도 똑같이 '6.25 반공' 포스터를 그려오라 숙제를 냈다. 삼십년 세월이 흘렀어도 변함이 없다니 '반공'이라는 것이 누군가의 보물 가득 든 창고의 녹슬지 않는 특수강철로 된 자물쇠통과 같은 것인가보다. 어쨌든 아들은 아버지의 지도 없이도 포스터를 그렸다. 탱크도 그리고 철조망도 그리고, 괴로군도 국군도 그렸다. 출연하는 것은 제 아비 때와 같았으나 믿거나 말거나로 괴로군과 국군이 푸른 하늘 한가운데서 서로 반갑게 껴안고 있었다. 그러니까 단번에 탱크도 철조망도 장난감이 되어버렸다. (이 이야기는 천구백팔십구년 육이오를 맞아서 있었던 일이다.) 아버지는 아들의 오른손을 번쩍 들어주었을 뿐이었다.

_ 나해철 〈내 아들의 6.25 반공 포스터〉

시인 아들의 포스터가 어른들의 일그러진 생각을 한 방에 날려버린다. 역시 어린아이들이 우리의 미래를 이끌어가게 해야 한다.

6.25 전쟁으로 한반도는 그야말로 초토화되었고 지금도 그 후유증으로 시달리고 있다. 분단은 극단적 반공주의를 양산했고 친일청산을 가로막았다. 역사 왜곡은

우리의 정체성마저 흔들리게 하고 있다. 심지어는 개념도 없는 이들이 전쟁도 불사하겠다며 선제공격 운운하고 있으니 정말 걱정이다. 한반도에서 전쟁이 일어나면 그야말로 남북한은 끝장이다. 그러기에 전쟁은 절대 안 된다. 전쟁만은 막아야 한다.

나라마다 칼을 쳐서 보습을 만들고 창을 쳐서 낫을 만들 것이며, 나라와 나라가 칼을 들고 서로를 치지 않을 것이며, 다시는 군사 훈련도 하지 않을 것입니다.
(미가서 4장 3절)

군축을 통해 복지비를 늘리고 환경보전 비용을 확대해야 한다. 해침도 없고 해함도 없는 평화 세상을 지어가야 한다. 남북 왕래를 통해 거리를 좁히고 서로를 이해하고 신뢰하며 도와가며 살아가야 한다.

분단은 이 민족이, 아니 인류가 나아가는 길에 가장 큰 걸림돌이다. 마지막 분단국가 한반도의 평화 정착은 인류 평화의 출발이다. 정전협정을 평화협정으로 전환해야 한다.

이것을 가로막는 이들이 누구인가? 그들이 반민족주의자요 반인류적인 사람들이다.

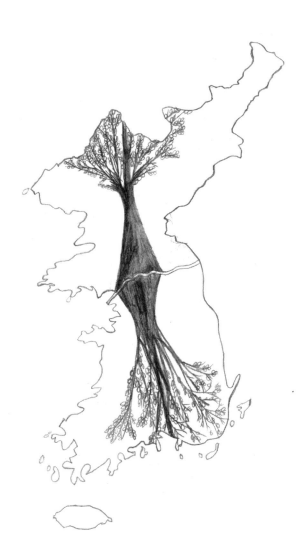

3부

그대는 신이 거니는
거룩한 정원이다

인디언의 기도문

노란종달새 (수우족)

바람 속에 당신의 목소리가 있고
당신의 숨결이 세상 만물에게
생명을 줍니다.

나는 당신의 많은 자식들 가운데
작고 힘 없는 아이입니다.
내게 당신의 힘과 지혜를 주소서.

나로 하여금
아름다움 안에서 걷게 하시고
내 두 눈이 오래도록
석양을 바라볼 수 있게 하소서.

당신이 만든 물건들을
내 손이 존중하게 하시고
당신의 목소리를 들을 수 있도록
내 귀를 예민하게 하소서.

당신이 내 부족 사람들에게
가르쳐 준 것들을
나 또한 알게 하시고

당신이 모든 나뭇잎,
모든 돌 틈에 감춰 둔 교훈들을
나 또한 배우게 하소서.

내 형제들보다
더 위대해지기 위해서가 아니라
가장 큰 적인 내 자신과 싸울 수 있도록
내게 힘을 주소서.

나로 하여금
깨끗한 손, 똑바른 눈으로
언제라도 당신에게 갈 수 있도록
준비시켜 주소서.

그래서 저 노을이 지듯이
내 목숨이 사라질 때
내 혼이 부끄럼 없이
당신에게 갈 수 있게 하소서.

그 사람의 기도를 보면
그의 영적 수준을 알 수 있다
인디언들의 기도문은
그대로 그들의 영혼과 마음
그들의 정신세계와 꿈을 담고 있다

그들이
천지자연을 얼마나 존중했는지
창조주를 어떻게 믿었는지
이웃 생명을 얼마나 사랑했는지
일상을 얼마나 소중히 여겼는지
배울 수 있다

그들은
모든 일상이 신과의 친교였고
신의 지혜로 거룩해졌으니
그들의 일상은 그대로 예배였다

오늘은
이 기도문으로 하루를 시작한다
몇 번이고 이 기도문을 낭송함으로
영혼의 샘물을 길어 올리리

그 손에 못 박혀버렸다

차옥혜

사람들이 웅성거리고 차가 오가는
좁은 시장 길가에 비닐을 깔고
파, 부추, 풋고추, 돌미나리, 상추를 팔던
노파가
싸온 찬 점심을 무릎에 올려놓고
흙물 풀물 든 두 손을 모아
기도하고 있다.

목숨을 놓을 때까지
기도하지 않을 수 없는 손
찬 점심을 감사하는
저승꽃 핀 여윈 손
눈물이 핑 도는 손
꽃 손
무릎 꿇고 절하고 싶은 손

나는
그 손에
못 박혀버렸다.

노파,
그 거친 여인의 손이
어머니의 손이 우릴 살리고 있다

우리에겐 그런 손이
보이지도 않는 고마운 손이
부지기수다

친구 목사는
첫 목회지 그 어려운 상황에
"젊은 양반이 먹고는 살아야지" 하고
손수 농사 지은 쌀 한 말을 건네주고 간
익명의 농부에게서 예수를 보았고
교회도 다니지 않는 그 농부 덕분에
흔들리면서도 길을 잃지 않고
여기까지 걸어왔노라고 고백한다

우린 지금
그 무엇에 못 박히고 있는가?
흔들리고 있는가?
거친 삶의 현장에서도 쉬지 않고
기도하는 손, 노동하는 발
그 손과 발이 역사를 짓고 있다

하늘의 사람

한 처음에 말씀이 있었다
말씀은 곧 빛이 되었다

말씀은
하늘이 되고 바다와 산이 되고
새가 되고 짐승이 되고 물고기가 되고
예쁜 꽃이 되고 나무가 되었다

말씀은
하늘의 형상을 닮은 사람이 되었다
그렇게 우주는 사람 안에 들어왔다

제국의 노예로 살던 사람들에게
이보다 더 큰 복음이 있을까
이보다 더 위험한 선언이 있을까

하늘의 신성과 능력을 품은 사람들
어떤 우상에도 종속될 수 없는 존재들

이는 인간해방 선언이다
비인간화 체제에 대한 저항 선언이다

저항하라, 다시 말하노니 저항하라

산다는 건

사람이 산다는 건
하늘을 향해
제 길을 가는 것이요
저마다의 빛깔로
꽃을 피우는 일이다

작으면 작은 대로
크면 큰 대로
하늘의 뜻을 묻고
하늘의 마음을 담아
제 삶을 사는 일이다

그 삶은
자신을 낮추고 더 낮추는 겸손이며
이웃을 위한 환대이다

고통과 십자가

모든 사랑이
하느님과 연결되어 있듯이
모든 고통은
십자가와 연결되어 있다

인류의 욕망이 빚은 짐
무지와 오만이 부른 짐
시대가 만든 아픔을
제 십자가로 여기고 살아온 분이
예수 그리스도다

고통이
시대의 중심인 이유는
고통에
하느님의 눈길이 머물기 때문이다

오늘은
외면할 수 없는 삶
불의에 온몸으로 저항한
예수의 삶을 묵상한다

영혼의 숫돌

십자가가 누군가에겐
영혼의 날을 벼리는 숫돌이다
그때 기독교는
세상을 구원하는 길이 된다

십자가가 누군가에겐
귀와 목에 거는 장식품이다
그때 기독교는
권력과 자본의 노예가 된다

먼 옛날 십자가는
자유를 갈망하는 노예들을
제국에 저항하는 사람들을
처형하는 형틀이었다
그때 십자가는
두려움이고 공포였다

십자가 위에
가증한 것이 걸리면
종말이 가까운 줄 알라는
예수의 경고는
십자가 영성을 소환한다

그의 제자 바울은
자랑할 것이 딱 하나 있는데
그건 예수의 십자가라고 고백했다

나를 죽여 너를 살리는
십자가의 영성이 아니고선
교회에 구원은 없다
이 시대의 구원도 없다

지극히 작은 이들을 위해
자신을 내어 준 사람들
십자가로 제 영혼을 벼리는 사람들은
반드시 기쁨으로
단을 가지고 돌아온다

"죽고자 하면 반드시 산다"
이는 주님의 말씀이다

작은 자들의 하느님

그 사람 영혼의 키는
그가 공감하는 힘과 비례한다

삼성의 부당함에 항의하여
0.5평 CC카메라 탑에 오른 지
355일 만에
김용희가 땅에 내려왔다
무사해서 그냥 고맙다

소성리 주민을 짓밟고
사드 추가 장비가 반입되었다
몹시 화가 난다

공감 능력을 잃은 정부는
곧 망한다
종교도 공감하는 힘을 상실하면
곧 망한다
지난 역사에서 보지 않았나

내 스승 예수께서는
작은 이들 속에서 하늘을 보았다
작은 이들을 하느님처럼 대했다
희망은 작은 이들 속에 있다

사순절, 제 길을 걷는 순례

재의 수요일,
제 머리에 재를 뿌리고
자신을 전면 부인함으로
진정한 자기를 찾아 길을 떠나는
거룩한 순례를 시작하는 날이다

사순절은
거짓 나를 버리고
참 나를 향한 지난한 여행이다
제가 저를 만나
제 길을 걷는 순례다

사순절,
제 자리로 돌아가
생명, 그 신비로움을 보고
존재, 그 놀라운 소리를 듣고
단순하고 소박한 삶으로
하늘의 길을 걷는 절기다

행복했던 예수 그리스도처럼
제 십자가를 지기 위해
익숙했던 것들과 결별하고
기꺼이 낯선 길에 나서는 절기다

그건 사랑이 아니고선 걸을 수 없다
진정 눈이 맑은 사람
자신의 전부를 바친 사람들
지극히 작은 이들의 손을 잡는 사람들
묵묵히 제 길을 가는 사람들

그들이 있어 세상은 살만 하다
아직 희망이 남아 있다

비움과 순명

생각해보면
새가 나는 일도
꽃이 피는 일도
그리고 사람이 사는 일도
매 한 가지다

그건
하늘의 순리를 따르는 일이요
태어나면서 받은
정언명령定言命令에 순명하는 일이다

그 길은
자신을 비우지 않고는
갈 수 없는 길이요
자기 몫의 짐을 져야
갈 수 있는 길이다

날기 위해서
새만 자신을 비우는 게 아니다
꽃을 피우려고
꽃도 치열하게 자신을 비운다
사람도 비우고 또 비워야
비로소 영혼의 주인과 만난다

그때는 만지는 모든 것이
돈이 아니라 신성한 것이 되고
마침내 우주와 한 몸이 된다

신의 정원

위빠사나vipassanā, 觀
꿰뚫어 보기다

들꽃 한 송이가
솔로몬보다 더 잘 차려입었다
예수의 말이다

무엇이 문제인가
문제는 꿰뚫어 볼 수 없음이다

우리 안에 있는 신성한 빛
이웃 생명 안에 있는 신성한 빛
그 빛을 빛나게 돕는 일
그 일이 하느님의 일이다

마음챙김mindfulness
숨에 마음을 응시하게 하고
잠시 생각을 멈춰라

행복으로 가는 길은 없다
행복은 이미 우리 곁에 있다
행복하게 사는 것,
그 자체가 행복의 길이다

우리가 사랑하면 존재가 보이고
존재를 살면 행복이 깃든다

우리 자신은
우리가 생각하는 것보다
훨씬 더 신비로운 존재다
그저 물질, 권력이나 탐하는
욕망덩어리가 아니다

그대는
신이 거니는 거룩한 정원이다

나의 종교

나의 종교는 예수다
예수는 하늘의 뜻을 제 뜻으로 삼고
하늘의 뜻을 따라 말하고 행동했다
예수의 말엔 진리가 숨어 있고
예수의 길엔 고독과 낭만이 있다
예수는 온몸으로 하늘을 드러냈다

나의 종교는 자연이다
자신의 전부를 불태운 떨기나무
모세는 그 광경을 통해 하늘을 보았다
모세 또한 자신의 전부를 바쳐
해방과 자유인 하늘을 드러냈다

우린 지금 어디서
하느님을 볼 수 있을까?
우주의 마음을 만날 수 있을까?

들꽃에서
나무에서
생명을 돌보는 농부에게서
하느님을 만난다
나의 일상이 경전인 까닭이다

지성소

하느님은 어디에나 계시고
하느님이 계신 곳이 성소이니
그 어디나 성소 아닌 곳이 없다

코로나19는 많은 것을 바꾸었다
개신교회가 절대 포기할 수 없는
예배당 대면 예배를 중단시켰다

저 옛날 예수는
예배를 우주로 전환시켰다
성전으로서가 아니고
신령과 진정으로 예배해야 한다고

그렇다
우리 신앙을 깊이 성찰할 때다
신념체제를 신앙이라고 착각하고
살아온 것은 아닐까

지극정성으로 무릎 꿇는 곳은
그 어디나 성소인 것을
교리의 늪에 빠져 사랑을 잃는다면
그건 이미 예배가 아니다
종교가 아니다

인간 예수

본래 하늘에서 와서
사람의 길을 걸어가신 분,
참 사람의 길을 걸어감으로
하늘 뜻을 이루신 분,
인간 예수다

공중 나는 새를 보라며
들꽃 한 송이처럼 살라고
작은 자를 하늘처럼 대하며
무소유의 길을 가신 분
인간 예수다

한 손엔 하늘을 붙들고
다른 한 손엔 인류를 붙들고
자신의 몸을 찢어 화해를 이루신 분
인간 예수다

그를 아는 모든 사람이
그를 하늘의 아들이라고 불러도
자신은 정작 사람의 아들(人子)이라고
끝까지 사람의 아들로 사신 분
인간 예수다

오늘도
인간 예수는 우리를 구원한다

기도의 숲

한 그루의 나무는 숲이 아니다
그저 나무일 뿐이다
나무와 나무가 어울려 숲이 된다
서로 기대고 숲이 된다

숲에 들어
숲길을 걷는 것만으로도
기도하는 것이다

자신의 욕망을 이루려는 기도는
이미 기도가 아니다
신을 이용하려 기도하는 자는
신앙의 신비에 닿을 수 없다

나무는 개성을 잃지 않으면서도
자신을 내어 줌으로 숲을 이룬다
그래서일까
숲에만 들면 자신의 것을 내어놓게 된다
그렇게 우리도 성자가 된다

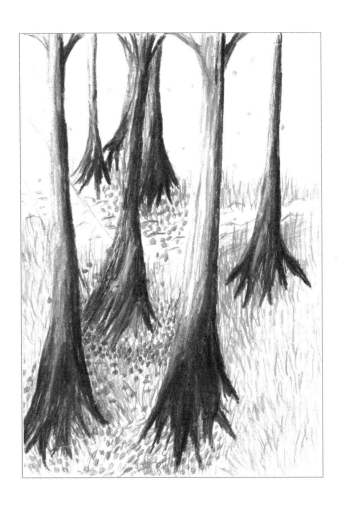

기다림의 신비

대림절,
지금은 기다림의 절기다
간절히 기다린 사람들이
오시는 그분을 맞아
평화의 나라로 들어갈 것이다

삶이란 기다림의 연속이다
가을은 겨울을 기다리고
겨울은 다시 봄을 기다린다

모든 존재는 저마다
기다림 하나씩 붙들고 산다

우린 지금
누군가를 기다리고 있다

우리 속에 있는 신성한 빛
그 빛을 드러내어
우리로 참 자유인으로 살게 할
그분을 기다리고 있다
그 무엇을 간절히 기다리고 있다

그분이 태어나실 곳

누군가를 기다린다는 것이
때로는 사는 이유가 된다
간절히 기다린 사람들만이
오시는 그분을 만나
평화의 나라에 들어가게 된다

우린 코로나19 팬데믹으로
긴장과 두려움으로 걸어왔다

대통령 선거 검찰정권 탄생
공정하지도 상식적이지도 않은
특권층을 위한 특권층의 정치
정치 경제 안보 통일
민주주의 노동 교육
언론 기후위기 인권 등
모든 것이 퇴보하고 있다

10. 29 이태원 참사는,
무능 무지한 정권은
국민의 안전을 지켜낼 수 없고
책임지지 않는다는 걸
극명하게 보여주었다

올해는 더 춥고
눈이 많이 내리고 있다
화이트 크리스마스가 되었지만
마냥 즐겁지는 않다
사랑하는 이들을 잃고
거리에서 울고 있는 자들이 있고
생존권을 위해
단식하는 이들이 있기 때문이다

주님은 올해 성탄절에
그들 속에 잉태되셨고
가난한 사람들의 몸에서 태어나신다

가난한 사람들에게
꼭 복된 성탄절이 되길 빌고 또 빈다
메리 크리스마스!

4부

우주의 자비를
생각하는 것만으로도
감사망극하다

나무가 그랬다

박노해

비바람 치는 나무 아래서
찢어진 생가지를 어루만지며
이 또한 지나갈 거야 울먹이자

나무가 그랬다

정직하게 맞아야 지나간다고
뿌리까지 흔들리며 지나간다고

시간은 그냥 흘러가지 않는다고
이렇게 무언가를 데려가고
다시 무언가를 데려온다고

좋은 때도 나쁜 때도
그냥 그렇게 지나가는 게 아니라고
뼛속까지 새기며 지나가는 거라고

비바람 치는 산길에서
나무가 그랬다
나무가 그랬다

굳은 땅을 들고 일어나는
가녀린 새싹들
그 생명의 융기가 경천동지다

한 방울의 물이
저 광대한 바다를 이루듯이
한 호흡에서
저 강력한 바람이 시작된다

한 줌의 햇살이 우주를 키우고
작은 생채기가 생을 구성한다

말 한마디, 작은 행동거지 하나도
그냥 지나가지 않는다
반드시 그만큼의 흔적을 남긴다

불의와 정직하게 맞서고
뿌리까지 흔들리며
저항하는 이들이 있어야
어둠을 거둬낼 수 있다

역사는, 우리들의 역사는
그 작은 생채기들로 지어진다

꽃에 대한 경배

정연복

철 따라
잠시 피었다가

머잖아
고분고분 지면서도

사람보다 더
오래오래 사는 꽃

나 죽은 다음에도
수없이 피고 질 꽃 앞에

마음의 옷깃 여미고
경배 드리고 싶다.

피고 지는
인생 무상無常

지고 다시 피는
부활의 단순한 순리順理를 가르치는

'꽃'이라는
말없이 깊은 종교

문득, 나는 그 종교의
신자가 되고 싶다.

새 소리에 잠을 깼다
저리도 많은 새가
내 주변에 살고 있었다니
참 행복한 아침이다

창문을 여니 안개 자욱하다
보일 듯 보이지 않을 듯
선명하지 않은 것들
그러나 분명한 것들이
제 자리를 지키고 서 있다
참 아름다운 아침이다

수수꽃다리 박태기 연산홍
블루베리 꽃사과 꽃잔디

누가 봐주지 않아도
아니 천지가 다 봐주니
제 자리에서 피고 진다

어느새 난
꽃나무 아래 서 있다
이미 난
꽃이라는 종교의 신자다

숲으로 간다

저 태어난 곳에서
평생을 사는 나무는
비가 오면 비를 맞고
눈이 오면 눈을 맞는다
햇살을 받아 푸르러지기도 하고
바람을 만나 춤을 추기도 한다

나무는 수도승처럼
붙박이로 서서 늘 기도한다
자연의 순리에 몸을 맡기고
그 어떤 난관도 피하지 않는다
다만, 우직하게
제 삶을 성심으로 살아간다

수도승으로 살겠다는 나는
매일 흔들리며 걷는다
그래서일까,
흔들릴 때마다
나무를 만나러 숲으로 간다

불길한 징조

봄꽃 피는 마을
봄꽃 풍경은 언제나 아름답다

봄꽃은
한 번도 순서를 바꾸지 않고*
제 모습 그대로 핀다
그렇게 하늘에 순명한다

꽃이 피면
해도 잠시 멈추었다 가고
꽃이 향기를 지어 놓으면
어디선가 벌이 날아오는데
바람은 제 길을 잃는다
거룩한 봄이다

모든 식물은 꽃을 피운다고
봄꽃이 속삭인다
모든 존재도 꽃을 피운다고
조용히 말해준다

그런데 한 번도
뒤바뀌지 않았던 순서에
문제가 생겼다

한꺼번에 꽃이 피고 있다
불길한 징조다

이 봄이 불안한 이유다

* 안도현 〈순서〉

오월의 당부

오월이 오면은
어린이가 맑게 웃고
어버이가 따뜻하게 미소 짓고
스승은 뿌듯해진다

오월엔
푸르름이 더 푸르러져
신록이 된다
온갖 새들이 모여 재잘거리면
자연은 말 그대로
천연 콘서트홀이 된다

오월, 오월은
뜨거운 그리움이 있다
고마움이 있다
그리고 당부가 있다

오늘 우리가 딛고 선 땅은
누군가의 희생과 사랑이 빚어낸
거룩한 땅이다
그걸 잊지 말라고
잊어서는 안 된다고
오월만 되면 생니가 아프다

6월의 나무

겨울나무는 수도승 같다
추운 겨울에 기도하며 서 있다

6월 나무는 착하다
누군가를 위해
성심을 다해 그늘을 만든다

나무는 태어난 자리에서
평생을 살지만
먼 길을 걸어왔다

봄을 살고 여름을 살아
가을을 살고 겨울을 산다
그리고 다시 봄을 살아
이제 여름이다

애써 푸른 잎을 내고
꽃을 피우고 열매를 맺지만
자신의 것이라 욕심 내지 않는다

새들에게 보금자리를 내주고
들짐승들에게 그늘을 내준다

늘 조용하지만
바람이 불 때만 춤을 추고
노래를 부른다
아니 이제 나는 안다
바람이 불지 않아도
춤추고 노래한다는 것을

사람이 없어도 나무는 살지만
나무가 없으면 사람은 죽는다

오늘은
나무를 한번 안아 주자

뜨겁게 사랑하자

사람이 산다는 건
아니 모든 존재가 사는 건
사랑하는 일을 위해서다

사랑한 만큼 영혼의 키가 자라고
사랑한 만큼 세상은 밝아진다

7월이다
장맛비 그친 푸른 하늘을
푸른 생명을 키워내는 대지를
청명한 새 소리를
나는 사랑한다

단아한 나리꽃을
무성한 들풀들을
주렁주렁 익어가는 청포도를
나는 사랑한다

기후위기를 알리는 깃발을
그 거룩한 행진을
쉼내 나는 농부들의 땀내를
그을린 저 검푸른 얼굴을
나는 사랑한다

사랑만 하기에도 시간이 부족하다
7월엔 우리 뜨겁게 사랑하자

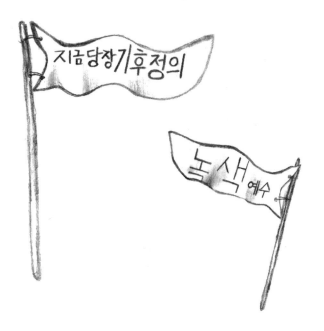

여름을 보내며

여름이 가고 있다

무더운 여름이
아픈 상처를 입히고
떠나가고 있다

폭우 태풍 산불 폭염
거짓말 무능 무책임
핵 오염수 해양투기 등

살피고 또 살필 일이다
기억에 꼭꼭 담아두어야 한다

언젠가 반드시
꺼내 쓸 일이 있을 테니
그땐 혁명이 될 게다

입추

60도에 육박하는 무더위라면
이미 살인적인 더위이다
지구 이곳저곳에서 폭염에
수천, 수만 명이 목숨을 잃었다

여름은 이제 생존의 계절이 되었다

지속되는 열대야에
잠을 설치기 다반사였는데
입추가 되자 열대야는 물러가고
하늘은 푸르기만 하다

결코 물러설 것 같지 않은
저 무시무시한 더위를 밀어내고
들어서는 가을은 대단하다

우주가 아직 길을 잃지 않았다
지구는 아직 견딜만한가 보다

아직 희망이 남은 이유다

자연의 가치

자연은 모든 것이
무료다

언젠가부터
아마도 자본주의가 들어오면서
모든 것이 돈으로 환산되었다

새만금의 가치
4대강의 가치
숲의 가치
농農의 가치
인간의 가치

정말 돈으로 매길 수 있을까

저 멋진 황금들녘을
유유히 흐르는 저 강물을
형언할 수 없이 아름다운 노을을
구절초꽃 그 순백의 자태를
수도승같이 서 있는 나무를
저 장엄한 숲을
붉게 물든 단풍을
날마다 떠오르는 해의 신비를

푸른 하늘과 시원한 바람
겸허한 저 땅을

어떻게 값으로 매길 수 있겠나
매긴다면 그건 사기다

천진난만한 아기의 웃음을
어머니의 거칠어진 손끝 사랑을
먼 길 찾아온 우정을

어떻게 값으로 매길 수 있단 말인가

사랑해 본 사람은
자연과 깊이 공감해 본 사람은 알게 된다
자연에 가치를 매기는 건
불가능한 일임을
그건 하느님의 자비를
측량하는 것과 같으니
참으로 어리석은 일이다

인간은 값을 정하고
가치를 매기면서 불행해졌다
이젠 단호하게
자본주의와 결별을 선언하고
새로운 길에 나서야 한다
생명평화의 길이다

시간이 얼마 남아 있지 않다

이 아름다운 가을에
무료로 주어진 우주의 자비를
생각하는 것만으로도
감사망극하다

가을은 참으로 위대하다

싸리재의 가을

늘 푸를 것만 같았던 대추는
햇빛을 입고 얼굴을 붉힌다
푸른 빛 밤도 누렇게 익더니
이내 툭툭 떨어진다

농부는 찾아온 벗님을 데리고
가을을 줍는다
덩달아 우정도 익어간다

봄에 심은 콩도
누렇게 익어가고
여름에 담근 개복숭아주도
붉게 익어간다
가을장마에 시름이 깊어지지만
벗들이 있으니 무슨 걱정인가

잠자리도 명상에 잠기고
나방도 먼 여행을 준비하는
넉넉하고 고마운 가을이다

가을과 함께 걸어간다

거룩한 일

묵정밭에 콩을 심었다
메주콩 콩나물콩 검정콩
쥐색 노랑 붉은 팥을 심었다

땅을 뚫고 나오는 콩싹
금방 밭을 푸르게 만든다
덩달아 세상도 푸르다

콩밭을 매고 풀을 깎으며
콩과 친해지고 콩과 사귄다

어느새 가을이 오면
콩과 팥이 익어간다
팥을 따려면
허리를 숙이고 무릎을 꿇는다
농사는 거룩한 일이다

콩을 심고, 기르고, 수확하는 일
지극한 정성이 요구된다
모두가 신앙의 일이다

텅 빈 밭을 본다
땅을 파는 일

맨발로 땅을 밟는 일은
저 옛날 모세처럼
신 앞에 신을 벗고 서는 일이다

이렇게
가을은 은총으로 충만하다
우리들의 가을은 신비롭다

빈 들

빈 들은 성스럽다
봄부터 여름을 지나 가을에 이르기까지
땀 흘린 수고를 고스란히 내어 준다

"받는 자보다 주는 자가 복되다"란 말씀을
몸으로 살아 내면서
들은 아낌없이 자신을 비워 간다

빈 들은 아름답다
제 살을 깎아 만든 알곡을 욕심내지 않는다
자신을 비워가는 신심의 깊이가 오지다
수고한 자들을 기쁘게 하는 보람을
처음부터 성스럽게 지켜왔다

빈 들은 그런 방식으로
하늘을 배우며
하늘을 담고
마침내 하늘을 드러낸다

자신을 비워감으로
하늘의 뜻에 복무한다
빈 들이 성스러운 까닭이다

들은 여름내 땀 흘려 기른 열매를 남김없이 우리에게 내어준다. 우리네 삶도 돌아보면 고마운 이들이 참 많다. 치열한 투쟁의 현장에서도, 불의에 저항하는 몸부림 속에서도, 일상의 진실한 삶에서도, 자신을 내어주는 고마운 이들이 있다. 자신의 것이라 고집하지 않고 자신의 것을 내어주는 이들이 있는 한, 희망은 아직 남아 있다.

고마운 가을이 다 가기 전에 고마운 사람들에게 고마웠다고 인사라도 하면 어떨까?

희망을 품으러 간다

너무 기가 막혀
어쩌지 못할 땐 그냥 운다
울다가 다시 웃는다
그냥 멍하게 하늘을 본다
그러다가 아무 생각 없이 걷는다

꼭 요즘이 그렇다

시린 겨울이 고마울 때가 있다
잠든 자들을 깨우기에

깨어난 사람만이 거대한 어둠,
저 죽임의 세력과 맞설 수 있다

희망은 결코
지독한 가슴앓이 없이 오는 법이 없다
그래도 시대의 추위를 뚫고 나가는
희망들이 있다

오늘은 그 희망을 품으러 간다

그 사랑 하나면 충분하다

어두움을 밀어내는 것은
저 거대한 태양만이 아니다
이 작은 촛불 하나로도
역사의 추악한 어둠을 밀어낸다

온갖 거짓과 불법을 자행하고도
헌법정신 법치를 운운하는 자들
이 더러운 악을 벗겨 내는 데
반짝이는 양심 한 조각이면
등성이에 서 있는 진실 하나면
충분하다

겨울이 제아무리 춥다고 하여도
지극히 작은 한 사람을 위하여
자신을 불태울 따뜻한 사랑이면
그 사랑이 아무리 작아도
그대여,
그 사랑 하나면 충분하다

비움달 12월

만물은 제 움켜쥔 손을 놓고
너그럽게 너의 손을 잡는다

저만을 위해 팽창해오던 것들이
12월엔 너를 위해 길을 바꾼다

성장에서 성숙으로
원심에서 구심으로
가시성에서 불가시성으로
나에서 너로
이기심에서 사랑으로
높아짐에서 낮아짐으로

12월엔
외형을 너머 내면을 보고
내 안의 너를 만난다

12월은
모든 것들이 가던 길을 멈추고
저 있던 곳으로 돌아간다
그래서 쓸쓸하다

12월엔
네 아픔을 생각하고
네 손을 잡으리
네 눈물을 생각하고
네 눈물을 닦으리
네 외로움을 생각하고
네 길에 동행이 되리

12월은
너를 구하려고 자신을 버리고
그 길에 나선 자들의 계절이다

아직 희망이 남은 까닭이다

한 해를 보내며

한 해를 마감하는
송년의 시간이다
지난해 걸어온 길을 돌아보고
오는 새해를 설계하는 시간이다

한 해를 돌아보면
삶이 기적같다
아슬아슬한 언덕을 넘어
낯선 땅에 귀의할 수 있었던 것은
누군가의 기도 덕분이다
사랑 때문이다
그래서일까
아쉬움보다는 고마움이 크다

새해를 맞이할라치면
재앙과 참사로 인한 죽임들로
불안과 걱정이 앞서지만
함께 아파하고
같이 분노하며
진심으로 손잡아주는 이들이 있어
두려움보다는 설렘이 크다

매년 이맘때면

다시 찾아오는 희망으로 따뜻해지고
오랜 신념들이 다시 일어선다

어둠은 빛을 이길 수 없다
불의는 정의를 이길 수 없다
거짓은 참을 이길 수 없다
절대로 이길 수 없다

아직 희망이 남은 이유다

싸리재에서 드리는 기도

밀린 숙제를 하느라
오랜만에 장수에 내려왔다

언제나 그랬듯이
어디쯤 오냐고
몇 시에 도착하냐고
밥은 먹었냐고
어머니처럼 챙기는
영숙 누님

차에서 내리기도 전에
천진난만하게 해죽대며
한바탕 난리를 떨며 반기는
맑음이
좋아라 달려들었다간
천방지축 뛰고 난리다

나는 누군가를
저토록 뜨겁게 맞은 적이 있는가?

그간 작물을 길러내느라
고단하지만 거룩한 밭
그 속에 생명을 품고 있다

빈 들의 아름다움이란

잎 떨군 겨울나무들
비어서 투명해지는 겨울산
동면에 들어가고 있다
바야흐로 속살을 다 드러내면
아주 거룩해 진다

난로에 불을 지피고
아궁이에도 불을 지피니
굴뚝엔 연기가 모락모락
누군가의 기도인가
하늘로 하늘로 향한다

하느님,
자비를 베풀어 주시고
가난하고 힘 없는 사람들의 기도에
응답해 주세요
제 허물도 용서해 주시고
억울한 사람들의 소원을 들어주세요

제게 주어진 길을
머뭇거리지 말고
지체하지 않고
성심을 다해 걷게 하시고
천지자연을 존중하고

이웃 생명을 귀한 손님으로 맞아
더불어 함께
생명과 평화의 길
좁은 길을 걷게 하소서

나무와 시인

칼 세이건은 그의 책『코스모스』에서
"우린 별에서 왔으며 별을 변혁하러 왔다"라고 했다

우리 은하계엔 이미 4천억 개의 별이 있고
그 별 중에 아주 작은 별 하나가 태양이다
그 태양의 주변을 도는 초록별이 지구다

우주의 크기에 비하면
모래알 하나에 불과한 지구
유일하게 생명이 살고 있는 초록별이다

3천만 종의 동식물이 살고
80억 명의 사람이 산다
삶은 그야말로 신비다

떨어지는 나뭇잎에서
우주의 손길을 느끼고
붉게 물든 노을에서
우주의 환한 얼굴을 보는 게*
시인이라면
시가 지구를 구한다는 말은
진정 옳다

* 이성선 〈미시령 노을〉

신성한 곳

딱새가 현관 신발장 위에
집을 짓고 새끼를 까서 출가했다
다른 딱새가 창고 지붕에
또 다른 딱새가 창고 선반 위에
집을 짓고 새끼를 까서 출가했다

아프리카에서는
새가 깃든 곳은 신성한 곳이라는데
가나안초대소가 신성한 곳이 되었다

온갖 경계를 만드는 인간들
한없이 무거워져
결국은 제 경계에 갇혀 죽고 있다

이른 새벽이 되면
온갖 새들이 찾아와 운다
그 울음소리가 땅, 하늘, 숲을 깨운다
그러면 거짓말처럼
신성한 하루가 열린다

하루하루를 설렘으로
맞이해야 하는 이유다

먼 산

그리움에도
색깔이 있고 향기가 있다는데
먼 산은 무색무취다
지극한 그리움이 있어야만
오르는 산이다

우리는 모두
누군가에게 하나의 산이다
그냥 먼 산이다

그냥 좋은 게
참 좋은 것이듯
이유 없이 그냥 사랑하는 게
진짜 사랑하는 것이다

그렇게 '그냥'엔
이유도 경계도 없다
먼 산은 그런 산이다

먼 산은
별거 아니면서
별거로 사는 존재가 아니고
본래부터

별거 아닌 존재는 없다고
신성한 존재로 살라고
만나는 모든 존재에게 속삭인다

5부

우리들의 희망은
작은 것들의
몸짓으로 오고 있다

오존 묵시록

이문재

오존 강은 푸른데
그 강 너머 오는 별빛들 칡넝쿨처럼
얽히는데 오존 강에 설키는데

어른이란 사실이 이젠 범죄여서
이 지구에 지금 살아 있다는 것이 파렴치여서
우리가 날마다, 알지도 못하는 채
쏘아 올리는 화살이 있었구나. 매일매일을 우리가
띄워 내려 보내는 뜰 것들 있었구나

하늘로 쏜 화살이 내려오지 않는다
바다로 간 뜰 것들 가라앉아 버린다

오존 강 말라서, 오존 강은 갈라져서
아 우리들 살던 옛집 푸른 지구
막무가내로 무너진다

하늘로 쏘아 올린 화살 벼락처럼
내려온다 불의 비, 질타의
장대비, 섭리의
쇠못 같은 비, 거침없이 퍼부어진다

모두 잠긴다 떠내려가는 것
아무것도 없다 지구에서 쏘아 올린
화살과, 바다로 흘려보낸 뜰 것들로
가득하고 가득하고 가득하다

늦었다고 생각될 때는 이미 늦은 것
오존 강 건너
묵시록의 굵은 글자들, 우리가 별이라고 믿었던
빛들이 붉은 피를 떨군다
늦었다고 생각될 때 이미 묵시록은
시작되고 있었다

어디 오존 묵시록뿐인가
산업화의 주역
검은 구름, 검은 기름, 검은 사람들
플라스틱, 저 검은 것들
석탄 석유 묵시록이 열렸다

지구온난화, 기후붕괴다

늦었다고 생각할 땐 이미 늦은 것
늦었다고 생각할 땐 이미 묵시록은
시작되고 있다

묵시가 열려 현실이 되면
그건 대참사가 될 것이다
우린 그 예고편을 매일 보고 있다
하지만 그 경고는 늘 무시되었다

이 엄혹한 시대에
어른으로 살아가는 것이
너무나 부끄럽고 송구하다

티핑 포인트Tipping point
이제 아무것도 손쓸 수 없는
시대가 오고 있다
여섯 번째 대멸종이 시작되었다

하지만 내일 지구의 종말이 와도
사과나무를 심는 자들이 있다

아직 희망이 남은 까닭이다

느림

이현주

오늘 아침 드디어
땀 한 방울 떨구지 않고
숨 한 번 가쁘지 않고
산에 올랐다

천·천·히
느·릿·느·릿

비결은 거기 있었다!
이 놀라운 사실을
내 친구 북산北山한테
일러바쳐야겠다

산山쟁이 그 친구 빙긋 웃겠지
이제 알았냐

고속열차보다는 자동차가
아니 자동차보다는 자전거가
자전거보다는 걷는 것이
그것도 아주 천천히 걷는 것이
더 많은 것을 볼 수 있단다
더 많이 기억할 수 있단다

천천히
그것도 아주 천천히 걸어보자
느릿느릿 마음을 모아 걸어보자
지긋함으로 걸어보자

푸른 하늘을 쳐다보고
푸른 새싹, 개나리, 벚꽃
지는 노을을 바라보라
나비들의 속삭임
벌들의 윙윙 노랫소리
새들의 재잘거리는 소리 들어보라

존재의 신비,
그 속에 담긴 삶의 진리를 알리라
천천히 아주 느릿느릿
제 길을 가는 것들에게만 허락된
하늘의 은총을 만나리라

지구의 마음으로

지구는 연 1회 공전한다
그 속도는 107,226km/h이다
지구는 매일 자전한다
그 속도는 약 1,667km/h이다
엄청난 속도로 달리는데도
침대보다도 더 편안하다
누구도 멀미를 하지 않는다

지구는 신비덩어리다
누가 타든 다정하게
지극한 정성으로 보살핀다
모든 것을 지구가 되게 한다

산도 나무도 꽃도 다람쥐도
바다도 고래도 문어도
강도 구름도 하늘도
마침내 사람도 지구가 된다

멀리서 보면
모든 것이 지구다
지구의 마음으로 살아야 할 이유이다

인간의 절망과 희망

지구의 최대 포식자
지구 생태계 파괴의 주범
창조 세계의 암적 존재

누구인가?
바로 인간이다

동물들이 가장 두려워하는 자
숲이 가장 무서워하는 자
여섯 번째 대멸종을 부른 이
지구의 종말을 가져오는 자

누구인가?
역시 인간이다

여기저기서 일어나는 환경재앙
지구 생명의 고단한 숨소리
모두 인간 때문이다

창조의 꽃인 인간이 어쩌다가
창조 세계의 암 덩어리가 되었나?

하늘의 소리가 천지를 진동한다
"내가 사람 지었음을 후회한다"
"누가 지구를 위해 갈꼬"

하늘의 북소리에
발을 맞춰 걸어가는 자
자연 앞에서 신을 벗는 자
하늘의 뜻에 복무하는 자
자연의 순리를 따르는 자
지구 스스로 치유하도록 돕는 자
생명을 살리고자 힘쓰는 자
자연을 존중하고 사귀는 자

이 또한 인간이다
아직 희망이 남아 있는 이유다

민들레의 지혜

1986년 4월 26일,
36년 전 오늘이다

옛 소련, 지금은 우크라이나
체르노빌 원전이 폭발했다

수백만 명이 방사능에 노출
수십만 명이 갑상선암으로 사망
사고 현장은 석관으로 밀봉
다량의 방사능물질이 내부에 축적

사고 이후 독일을 필두로
세계 각처에서 탈핵운동이 일어났다
우리나라도 탈핵으로 뜨거웠다

당시 인구 5만의 트리피아트는
아직도 사람이 들어갈 수 없는
죽음의 도시가 되었다

단 한 번의 비상을 위해
햇빛 에너지를 충전하고
안테나를 높이 세운 민들레*
바람의 때를 정확히 맞춘다

새롭게 들어설 윤정부는
탈탈핵을 선언하고 수명연장은 물론
중단된 원전 건설도 검토에 들어갔다

민들레의 지혜가 부럽다

* 이윤학 〈민들레〉

마지막 경고

종말론eschatology이란
마지막eschatos과
말씀logos의 합성어로,
'마지막 일들에 관한 가르침'이란 뜻이다

기후파국으로 인한
여섯 번째 대멸종이 시작되었다
특단의 조치가 없는 한
인류는 존속 불가능하게 되었다

인류는
그간 돈을 위해서라면
우정도 사랑도 믿음도 정의도
신성도 자연의 장엄함도
심지어는 영혼도 팔아넘겼다

지금 그 대가를
톡톡히 치르고 있다
대멸종과 기후재앙이 그것이다

하루에도 200여 종의 생물이
지구상에서 사라지고 있다
자연스러운 멸종 속도의

1,000배나 빠른 속도라고 한다

그런데 정작
마지막 때에 이르면
알게 될 것이다
돈을 먹고 살 수 없다는 것을

인디언 크리족의 예언이다

마지막 나무가 베어 넘어진 후에야,
마지막 강이 더럽혀진 후에야,
마지막 물고기가 잡힌 뒤에야,
당신들은 알게 될 것이다
돈을 먹고 살 수는 없다는 것을

지구야, 힘내

지구가 숨이 차다
열이 나고 아프다

이러다가 지구가 죽는다고
전문가들이 들고 일어났다
얼른 대책을 세우라고
우리들의 미래가 사라진다고
청소년들이 수업을 거부하고
젊은이들은 살고 싶다고
직접행동에 나섰다

이젠 유엔이 나서야 한다
기후비상사태를 선언해야 한다

한국 교회가
환경총회를 열고 있다
탄소중립을 선언하고
탄소중립로드맵을 결정하고
기후특별위원회를 구성한다고 한다
기후프로젝트를 추진한다
천만다행이다

이제 지구가 편히 숨을 쉬려나

"지구야, 힘내"
나무가 잎을 붉히며 환하게 웃는다
아름다운 가을이다

단순하게 소박하게

지구가 기후위기로 초비상이다

토마스 베리는
신비로운 우주 역사가
여기서 종말을 맞을 수도 있고
아니면 생태대를 열 수도 있다며
지혜로운 선택을 주문했다

유엔 사무총장은
기후위기에 공동대응하든지
아니면 집단자살하든지
기로에 선 인류에게
올바른 선택을 주문했다

진정 인간은
지구를 살릴 수 있을까?
제자리로 돌아가도록
지구를 도울 수 있을까?

그러길 진심으로 희망해 본다

이제 정신을 차려야 한다
마지막 희망이 사라지면

우리는 아무것도 할 수 없게 된다

나의 욕망, 나의 소비, 나의 삶의 방식을
생태적으로 전환해야 한다

생태적 전환이란
저마다 가슴에 품고 있는
신성한 빛을 드러내는 일이며
단순하면서도 소박하게 사는 길이다

지속가능한 삶을 위해

"구원이란
자주적인 사고에 투철한
사람들끼리의 연대에서 오고
아름다움이란
사람살이의 본래적 존재 방식이
자기의 언어를 찾을 때 온다"

녹색평론 발행인 김종철의 말이다

시적 마음은
모든 것을 하나로 보는 마음
통으로 보는 마음이다

현대 문명은
땅이 죽으면 모두 무너진다
땅을 살리는 길
생태 문명의 건설이 농사에 있다
그것도 소농에 있다

농사엔
흙의 신음을 듣고
지구의 마음을 보는
시인의 마음이 절실하다

지구라는 유한체제에서
지속가능한 삶을 유지하려면
절제된 가난한 삶을
자발적으로 선택해야 한다
개종 수준의 자기 쇄신
의식의 대전환만이 그 길을 열 수 있다

이제 땅의 혁명이다
기후위기 시대에 농사가 길이다
내가 전북 장수로 내려가
농사를 시작한 까닭이다

마을, 생태 위기 시대의 희망

'마을과 교회'라는 주제로 수련회를 떠났다
농사공동체를 지향하는 금산 받들교회,
생태영성교육을 지향하는 간디학교 숲속마을,
전통과 마을을 품은 거창 완대리 한옥교회,
자연과 어울려 사는 무주 안성 산촌마을,
하느님, 사람, 자연이 어우러진 장수 가나안초대소를
둘러본다

간디는 말했다
마을이 세상을 구한다고

자본주의 문명은 민중의 삶을 착취하고
자연을 수탈하고 있다
이대로 지속된다면 지구붕괴는 곧 현실이 될 거다

삶의 방식의 전환, 지속가능한 마을이 요청된다
식량과 에너지를 자급하는 마을
생태, 예술, 영성이 있는 마을
도시와 농촌이 상생하는 마을이다

녹색교회가 있는 농사공동체마을,
생태마을이 있는 녹색교회
생태 위기 시대의 희망이다

우리들의 순례

종교인들이 지리산을 순례한다

속도가 성공이고
속도가 돈인 세상에서
속도에 저항하며
지리산이 공공재임을 확인하는 순례다

모든 존재는 연결되어 있고
우주와 서로 기대어 산다

한 방울의 물이 모여
바다를 이루듯
소나무 들꽃 바위 다람쥐 천왕봉
사람 이웃생명들이 모여
지리산을 이룬다

지구도
다양한 생명들의 군집이며
거대한 생명공동체다
어디 한 곳이 병들면
반드시 다른 곳도 아프다

산이 이렇게 아픈데

강이 이렇게 아픈데
아무렇지도 않게 살아가는 사람들
기후위기보다 더 심각한 위기다

오늘도
우리들의 순례는 계속된다

지리산 산악열차 건설 중단하라!
지리산을 그대로 놔둬라!

이 순례가 계속되는 한
희망은 아직 남아 있다

강이 나에게 말했다

강을 만나러 하동에 갔다
섬진강,
은어의 강, 수달의 강, 다슬기의 강,
김용택 시인의 그 강이다
시인의 고백처럼
사람이 없어도 강물은 저 홀로 흐르고
사람이 없어도 강물은 멀리 가고 있었다

강물을 만지니 손끝이 아렸다
강물의 장중함과 단아함,
그 맑고 고요한 기운이 느껴졌다
강물의 아픔이 가슴 깊숙이 전율한다
고통스러운 탄식이 천지를 흔든다
금방 미안하고 안타까운 마음에 눈물이 핑 돈다

진안, 그 어느 샘에서 발원한 강물은
수백 킬로미터를 달려 하동 악양 뜰을 지나고 있었다
강물 위로 백로가 날아간다
햇살에 반짝이는 물살과 은빛 모래는 신비를 빚어냈다
창조주의 솜씨다
자연의 위대함이다

그때,

강이 내게 말했다
"미안해할 것 없다
너무 마음 상해할 것 없다
인위가 무위를 이길 수 없듯이
인간은 결코 강을 이길 수 없다
성공 신화의 오만이 불러온 개발 광풍이
강을 이길 수 없다
낙담하거나 두려워하지 말아라"
강이 하얗게 미소 짓는다
지리산이 강물 속에서 환하게 웃는다

또, 강이 말했다
"참 고맙다
모진 삶에도 굴하지 않고
분주한 일상에서도 포기하지 않고
사랑의 끈을 붙들고 찾아와
귀한 손님으로 맞아주니 고맙다
기도해 주니 고맙다"
강물이 푸르게 손짓한다

강물은 아침 햇살을 받으며 신비롭게 흐른다
늘 봐온 강이지만
오늘은 강을 보니 눈물이 난다

강물이 내게 말했다
"강물은 순리, 섭리를 따라 흐른다

순리를 거역하는 것은 죽음이며
섭리를 거스르는 것은 하늘을 거역하는 일이다"

이 강물이 흘러가는 모든 곳에서는, 온갖 생물이 번성
하며 살게 될 것이다. 이 물이 사해로 흘러 들어가면,
그 물도 깨끗하게 고쳐질 것이므로, 그 곳에도 아주 많
은 물고기가 살게 될 것이다. 강물이 흘러가는 곳이면
어디에서나, 모든 것이 살 것이다(에스겔 47장 9절).

강물이 닿는 곳마다 생명이 살아났다
그 강물이 하늘에서 흘러나왔기 때문이다

모든 강물은 하느님에게서 왔다
강은 흐름으로 살고
흘러서 생명을 먹이고 생명을 살린다

강은 거룩하다

* 2010년 5월 8일, 지리산 만인보에 참여하기 전, 잠시 하동 악
양 섬진강을 가보았다. 굽이굽이 흐르는 강물은 대자연의 신비
를 머금고 장하게 흐르고 있었다. 하지만 금방 4대강 개발의 중
장비 소리가 들렸고 그 거대한 삽날에 죽어가는 생명의 아우성
을 들었다. 그때 섬진강이 내게 말을 걸어왔다. 신기한 경험이
었다.

바다의 위기

바다,
모든 것을 다 받아주어서
바다랍니다

지구에 사는
3천만 종의 생명 중에
쓰레기를 만드는 유일한 종,
인간입니다

바다는
오폐수, 농장폐수, 축산폐수
공장폐수까지 다 받아줍니다
심지어는 플라스틱도 받아줍니다

이젠 방사능 오염수까지
바다에 버리고 있습니다
인간 말종의 짓입니다

모든 생명을 잉태하고
먹이고 키운 바다입니다
바다가 죽으면
바다에 기대어 사는
모든 생명은 죽습니다

오늘도 경고는 무시되고 있습니다
그렇게 사악한 인간들은
제 머리에 숯불을 쌓고 있습니다

오염수 해양투기

예상했던 대로 IAEA가 후쿠시마 방사능 오염수 방류는 문제없다고 발표했다. 사실상 오염수 해양투기를 허가한 셈이다. IAEA는 원자력 확대 지원단체다. 최대 후원국이 일본이다. 일본과의 커넥션이 불거졌고 이에 중국은 강력히 규탄했다. 홍콩은 해양투기하면 일본산 수산물 수입을 전면 중단하겠다고 선언했다. 태평양 연안국들이 일제히 규탄했다. 미국도 수산물 100종류의 수입을 규제했다. 대한민국도 정부와 여당 얼치기 전문가, 수구세력만 빼면 모두 반대에 나섰다(80% 이상). 야당과 시민사회종교진영은 반대 입장문을 발표하였고 시위와 행진, 기도회를 열었다. 대한민국 제미동포연합이 유엔대표부 등 213개 국가 대표에게 일본 제재 청원 서한을 발송하였다.

바다는 지구 생명의 자궁이다. 전 지구가 바다로 연결되어 있고 지구 생명이 바다에서 태어났다. 바다가 오염되면 그야말로 재앙이다. 순식간에 모든 생명에게 영향을 준다. 방사능은 어떤 물질인가. 몸에 들어오면 방출이 안 되어 지속적으로 방사선 피해를 입힌다. 반감기도 수십만 년이 넘는다. 인간에게도 악영향을 줄 것이며 특히 미래 세대에게 치명적이다. 자궁이 죽으면 생명을 이어갈 수 없다. 우주에서 유일하게 생명이 사는 지구는 죽음의 별이 된다. 아니 그야말로 우주의 죽음이다.

오염수 해양투기는 살인 행위요, 지구생명 학살행위다. 아모스가 이 시대에 산다면 방사능 오염수에 대해 어떻게 대응했을까? 일본 정부와 IAEA를 강력히 규탄하며 온몸으로 저지하고 나서지 않았을까?

들을 빼앗기니 봄도 빼앗겼다. 역사도 문화도 자유도 얼도 빼앗겼다. 일제 식민지배로 분단이 되었고 동족상잔의 전쟁도 일어났다. 엄청난 살생이 자행되었고 지성인 양민 200만 명이 학살되었다. 땅을 치고 통탄할 일이다. 그뿐인가 분단으로 인한 갈등은 우리 민족이 나아갈 길에 걸림돌이 되었다. 개탄스러운 일이다. 일제는 이 일만으로도 우리 민족에게 영구히 무릎 꿇고 사죄해야 한다.

인류가 일어나 일제를 규탄한다. 일본 상품 불매운동도 전개한다. 오염수 해양투기 반대 현수막을 가정마다 단체마다 교회에도 건다. 오늘도 제 자리에서 생명을 살리고자 불굴의 열정으로 일하는 사람들이 있는 한 희망은 남아 있다.

작은 것들의 몸짓

밀림에 불이 났다
많은 동물들은 도망가고 있었고
벌새는 강가를 오가고 있었다

"벌새야, 뭐 하니?"
도망가는 동물들의 물음에
벌새는 불을 끄고 있다고 했다
밀림엔 발도 날개도 없어
도망을 못 가는 친구들이 많다고 했다
벗들을 위해 벌새가 할 수 있는 일은
날개에 물을 묻혀 불을 끄는 일이었다

엄지손가락만한 벌새도
사랑으로 산다
모든 만물은 사랑으로 산다

사랑한 만큼 변하고
사랑한 만큼 커진다
사랑한 만큼 아름다워지고
사랑한 만큼 존재한다

아무리 작은 벌새라도
그 사랑의 행위는 우주적이다

그 작은 행위가
마침내 지구를 구할 것이다

우리들의 희망은
작은 것들의 몸짓으로 오고 있다

기독교환경운동연대

그대여,
뜨거워질 수 있다면
우리 불꽃으로 타오를 수 있다면
겨울은 이제 두렵지 않으리
더 이상 춥지 않으리

그대여,
모두 저 있던 곳으로 돌아가고
찬바람이 남은 온기마저 가져가도
나는 좌절하지 않으리
아니 더욱 설레리
다시 뜨겁게 타오르리
나 진정 사랑하리

그대여,
먼저 일어나 어둠을 밝힌 등불이여
꺼져가는 지구를 붙들고
생명을 불어넣는 시대의 예언자여
우리 뜨겁게 타오르자

머지않아
지구의 심장이 멈춘다니
나 더욱 뜨겁게 행동하리
우리 진정 사랑하리

* 기독교환경운동연대 창립 40주년에 쓴 글

** 기독교환경운동연대

1982년 한국 사회에 환경문제를 처음으로 알린 '한국공해문제연구소'로 시작되었다. 1997년 '기독교환경연대'로 조직을 개편하면서 한국 기독교와 교회를 대표하는 환경단체로 활동영역을 확대했다. 부설기관인 사단법인 한국교회환경연구소와 함께 기독교 신앙을 바탕으로 창조 세계의 온전성을 위해 '교회를 푸르게, 세상을 아름답게' 만드는 생태정의 운동을 펼쳐가고 있다.

마침내 우린 봄이 되고 있다

입춘이 지나 봄인데 날씨가 차다
봄이 주춤하며 아슬아슬하다

젊은 시절
민주, 평화, 해방운동으로
시대의 봄을 불러내더니
이제 나이 들어
생명살림의 봄을 선구하는
60+ 기후행동 늙은이들이 있어
조심스레 따라 나선다

여섯 번째 대멸종
사형 언도를 받은 지구
미래세대에게
너무 미안하다고
순전한 마음들이 모였다

진심이면
한 사람의 삶도
결코 가볍지 않다

시대의 봄은 그렇게 오고 있다
마침내 우린 봄이 되고 있다

녹색 순례자의 삶을 돌아보며

나는
1963년 9월 19일(음)생이다
아침 8시에 태어났다

농부이신 부모를 따라
흙, 숲, 꽃, 나무, 산 등
자연과 더불어 살았다

학창시절은 어머니를 따라
기독교 신앙의 길을 걸었고
대학시절엔 시를 만나서
민주주의를 위해 싸웠다
군에선 인권을 위해 저항하다가
고난을 받았다

89년 아버지에게 농사를 배웠고
90년에 목회를 시작했다
거기에 지리산이 있었다
그건 엄청난 은총이었다

나의 목회는
교회를 벗어나 세상과 조우했고
선한 이웃들과 지역사회를 섬겼고
더 나은 세상을 세워가고자 애썼다

나는 목회를
교회 및 지역사회운동, 종교운동,
환경 및 공동체운동으로 전개하였다

나는 지구위기 시대에
공존의 길을 모색하고 있다
식량과 에너지를 자급할 수 있는
농촌마을공동체를 꿈꾸고 있다
가나안초대소를 세운 이유다

나는 이제
곱고 아름답게 늙고 싶다
흙을 만지고 자연과 교감하며
우주를 품고 하늘을 동경하며
산에 오르고 노동하며
새들과 얘기하고 춤추며
온갖 풀벌레 소리를 경청하고
들꽃과 눈을 맞추며
일출과 일몰에 경탄하고
어둠을 응시하고 별을 노래하며
매일 나무를 안아주며 살고 싶다

나는
꽃이 되려고 하지 않았지만
언젠가부터 꽃이 되고 있고
나무가 되려고 하지 않았지만
이미 멋진 나무가 되었다

지금,
이렇게 내 인생이 마쳐져도
여한이 없다
소풍 마치는 날 그분에게 가서
참 아름다웠다고
당신이 있어서 정말 행복했고
길을 잃지 않았다고
모든 것이 유의미했다고
환하게 웃으며 고백하리라

희망의 통로,
맞불의 불씨가 되기에 충분하다

불멸의 희망은 볼 수 있는 것이 되어야 한다.
희망은 다 느낄 수 있는 것이 되어야 한다.
희망은 살아낼 수 있는 것이 되어야 한다.
우리 모두는 희망을 살아내야 한다.
_ 마리안느 스퇴거

　가장 절망스러운 자리, 소록도에서 희망을 살아내는 것이 어떤 것인지 보여준 마리안느와 마가렛. 두 분을 기리는 '가방 하나'라는 시와 단상으로 이 책을 시작하게 됨을 감사한다.

　험악한 시대를 살아가는 우리의 쪼그라든 마음에 희망은 점점 더 아득해지지만 생명평화를 위해 한 걸음 한 걸음 내딛는 너와 내가 희망이라는 양재성 목사님의 진심도 감사하다.

　항상 마음에 품고 있었던 '시가 우리를 구원할 수 있을까?'라는 물음에 단호히 '그렇다'라고 답하시는 목사님. 그 믿음에 끌려 매일 아침 올려주시는 시와 단상을 등불 삼아 제 길을 걸어올 수 있었다.

수년간 한결같이 고귀한 시와 단상을 날라주신 양재성 목사님에게 빚진 삶이라 은혜 갚을 길을 찾다가 여기까지 왔다. 처음엔 1인 출판사의 역량으로는 저작권 해결이 만만치 않아 포기하려고 했다. 생각 끝에 시와 별개로 목사님의 단상만으로도 뜻을 나눌 수 있는 것들을 모아서 묶어보았다. 시와 함께 있어 빛나는 단상들이 많아 아쉬움은 있지만 단상만으로도 희망의 통로, 맞불의 불씨가 되기에 충분하다.

그림을 그려준 작은아들 혜성이에게도 감사한 마음을 전한다. 개구쟁이지만 그림 그릴 땐 사뭇 진지하다. 틈틈이 그렸던 그림들도 있고 함께 시를 읽고 생각나는 것을 그린 그림도 있다. 이전에 그려 놓았던 그림들 중에 목사님의 시와 잘 어우러지는 그림을 발견했을 때 기뻤다.

책을 만들면서 목사님의 시와 단상을 받아보며 응원하고 계신 분들이 생각보다 많다는 걸 알고 놀랐다. 시인의 마음으로 세상이 좀더 나아지기를 간절히 바라는 이들이 사회 곳곳을 밝히고 있음이 감사하다.

이 책을 통해 양재성 목사님이 가지신 생명평화를 향한 염원이 독자들의 가슴에 가닿아 함께 걷는 이들이 많아지기를 소망한다.

책을 내는 데 도움 주신 모든 분께 감사드리며
박연숙
(비채나 대표)

'시가 있는 하루'에 보내는 갈채

강해윤(교무, 원불교 교단혁신특별위원장)
깊은 샘물을 길어다 각양각색의 잔에 담아 정갈하고 시원하게 매일 아침 건네주는 언어의 생수가 시가 되고, 구호가 되고, 기도가 되어 내 삶을 더 의미 있게 채워 주었다. 그렇게 정성을 다해 언어의 샘물을 길어준 나의 도반에게 고마운 시선을 보낸다.

고광헌(시인, 전 한겨레신문 사장)
국내외 수많은 시인들의 작품을 엄선해 삶과 자연, 인간과 신에 대한 절실한 사색을 담은 아포리즘을 읽는 기쁨이 매우 크다. 시와 문학이 당대의 삶에서 멀어지고 있다는 평설이 지배하는 이 시절에 메마른 삶에 위로와 응원이 되는 '시 읽고 묵상하기'가 널리널리 스며들면 좋겠다.

김경은(한국교회여성연합회장)
시와 단상이 노래, 탄식, 성찰, 분노, 책망, 선언, 고백, 기도다. 아침마다 보내준 시와 단상을 읽으며 글쓴이의 마음에 공감했다.

김경호(강남향린교회 목사)
시보다 더 좋은 시 단상 덕분에 좋은 시도 접하고 시에 다다르는 깊은 영성도 덤으로 얻는다.

김명래(미주한인여선교회연합회 총무)
미국에서 산 세월이 많아 한국말의 어휘와 표현력이 많이 부족해졌는데 보내준 시 덕분에 부족했던 한국말이 조금씩 회복되고 있다. 한민족의 아픔과 희망을 노래한 시를 만날 때 1980년대가 떠오르며 가슴이 뭉

클하다.

김명현(전 감리교여성지도력개발원장)
매일 신선한 선물을 받는 기분으로 행복한 아침을 맞이하곤 한다. 많은 시인들을 만났고 그의 기도와 간증과 해석과 비전이 늘 나의 상상을 초월했다. 설레는 마음으로 퍼 나르며 하루를 시작한다. 기쁨과 보람, 감동을 경험하는 귀중한 시간이다.

김선오(밝은빛교회 목사)
언제부터인가 찾아온 시와 묵상이 나의 일상을 깨우며 하루의 삶을 깊은 사색의 길로 인도한다. 시를 묵상하면서 그 내면에서 솟아오르는 순례자의 시대정신도 느꼈고 보다 나은 세상을 향하여 몸부림치는 영혼의 몸짓도 느꼈다.

김영진(하늘평화교회 목사, 지구걷기순례 운영자)
메마르고 거친 광야길을 걸어가는 순례자들에게 매일 생수를 길러 나누어 주는 시가 있어 참 좋다.

김용휘(대구대학교 교수)
그는 매일 아침 찬란한 시로 온다. 탐욕과 분노와 무지의 시대에 사랑과 평화와 지혜를 담고 새벽을 깨치는 새의 울음으로 온다. 아직 이 세상은 살만하다며 어떤 상황에서도 사랑과 정의와 진실이 승리한다는 하늘의 오롯한 진리를 뜨거운 가슴으로 전한다. 그는 꺼지지 않은 마지막 희망을 품고 새벽빛 여명으로 온다.

김은득(낮은자리교회 목사)
시에 대한 개인적 영성이 신비하게 내 마음에도 잔잔히 내려앉는다. 아침을 기다리는 마음으로 시를 기다린다. 시로 인해 절망의 뜰에 작은 희망의 싹이 피어난다.

김장환(성공회, 대학로교회 신부)
매일 아침 눈을 뜨면 먼저 하느님 앞에 머무르며 주님의 사랑으로 영혼을 채우고, 이어 배달된 시를 읽으며 생각과 삶을 가다듬는다. 시와 단상은 하루를 어떻게 살지 다시 기도하게 하는 예언자의 목소리가 된다.

김진희(목사. 전 안산대 교수)
매일 아침 선물처럼 찾아드는 시는 사유의 세례에 사용되는 신선한 향유다. 이어지는 묵상의 글은 나눔의 성찬에 사용되는 잘 익은 포도주다.

노은재(초등학교 교사)
사는 게 바빠 정신없이 달리다, '띵동' 도착한 글로 인해 멈춰 서서 계절의 오고 감을 느끼고 슬며시 눈물을 훔치기도 했다. 시와 단상은 팍팍한 생활 중에 잠시 쉬어가는 나무 그늘이며 따사로운 햇볕을 쬐는 작은 의자다.

문선경(논지당 대표)
시라는 맑은 샘에서 길어 올린 생수같은 단상들, 아침이 설렌다. 지구, 사람, 자연, 기후위기, 예수, 정의, 평화 그리고 그리운 어머니와도 만난다. 요즘 농부 목사는 자연, 기후위기에 대한 사색이 깊어 간다. 나도 그렇다.

박재홍(익산장선교회 목사)
만물이 아직 잠들어 있는 고요한 시간, 안개가 짙게 낀 희뿌연 숲속의 맑은 옹달샘에서 신새벽마다 길어 올리는 해맑은 영성에 언제나 깊은 공감과 울림을 얻는다. 아침마다 이런 호사를 누리니 고마울 뿐이다. 시와 단상은 한 편도 지울 수가 없다.

박종원(목사, 말라리아교육재단 대표)
날마다 눈을 뜨면 시대를 읽고 소통할 수 있는 시와 단상을 만나는 기쁨을 누림에 감사하다. 그리고 시에 대한 단상은 시의 깊이를 더함에 고개를 끄덕이게 한다.

박창현(감리교신학대학교 교수)
사람은 자기문화의 안경을 쓰고 세상을 본다. 작가가 어떠한 의도로 글을 써 놓던지, 글을 써 놓으면 그것을 이해하는 것은 독자의 몫이다. 시란 은유적으로 압축된 언어이기에 이해가 쉽지 않다. 어쩌다 보니 깊은 땅 속에 묻힌 시의 광맥을 찾아 세상에 그 아름다움을 드러낸 은혜를 7년간 입었다. 우리네 세상 사는 이야기를 자연과 동물 그리고 특별히 이 사회의 약자들의 처지에서 이해하고 살도록 전염을 시켰다.

법만 스님(불교환경연대 상임대표, 선운사)
매일 아침 보내주시는 시와 단상! 우리는 서로 연결되어 있고 우리 모두가 서로에게 꽃이요, 기도라는 사실을 일깨워 살만하고 아름다운 세상을 만들어 가는 데 큰 힘이 된다.

서수미(수피, 카리스마타 수도원)
'아침에 눈 뜨면 시와 묵상이 내게로 온다' 언제부턴가 뚜벅뚜벅 걸어온 아침의 소리. 시를 노래하며 고개 숙여 삶을 기도하는 한 사람의 소리. 그 소리에 내 잠든 영혼이 깨어난다.

신경하(전 감리회 감독회장)
아침마다 기다려지는 시와 단상은 하루를 시작하는 나에게 삶의 지혜와 기쁨을 준다. 이 땅의 환경지킴이로 역사와 시대정신이 가득 담겨있는 그의 글을 읽을 때마다 교회의 희망을 보며 위로를 받는다.

신선(덕수교회 전도사)
아침마다 들려주는 시와 단상들은 마음을 따뜻하게 한다. 아름다운 자연과 사람, 무한한 사랑으로 다가오시는 하나님을 만나는 은총이다. 매일 공감하는 단상을 친지, 친구와 공유하고 있다. 지구 생태 위기의 절박함과 책임을 느낀다. 희망으로 내일을 기다린다.

안무길(블루텍자산운용㈜ 준법감시인)
시보다 그 3,000개의 시를 묵상하고 쓴 단상이 더 가슴에 와닿을 때가 많았다. 잔잔하게 파문을 던져온 시 같은 단상들이 묶어져 책으로 나온다니 기쁘고 반가울 뿐이다.

안상준(구세군 서진주교회 사관)
삶이 무기력하다고 느낄 때, 신앙생활이 활기를 잃어버렸다고 생각될 때, 시와 단상이 주는 기쁨은 잔잔한 호수에 물결을 일으키는 것과 같다.

양기석(신부, 천주교 창조보전연대 상임대표)
매일 아침 전해지는 부드럽지만 진중함을 잊지 않은 시와 단상들이 하느님께 향한 길에 기운을 불어넣어 주었다.

양수산나(인보성체수도회 수녀)
하느님께서 창조하신 세상 만물을 사랑하고 작은 들꽃과도 대화하고 찬미하며 환경을 살리는 데 깨어있는 그의 삶이 따뜻하고 아름답다. 남들이 하기 어려운 일에 앞장서는 삶, 그의 삶에서 풍겨 나오는 그리스도의 향기가 글로 나오니 참으로 좋다.

원종윤 목사(동광교회 목사)
매일 아침, 양 목사가 올리는 묵상은 이스라엘 백성들이 이른 아침에 거두어들이던 만나와 같다. 그 묵상으로 매일 내게 다가와 속삭여 주니 마음이 늘 풍요롭다.

유영설(여주중앙교회 목사)
학창시절에 선생님이 가르쳐주는 시를 배우면서 함축된 시의 의미를 알아가며 감탄했다. 그런데 그는 시를 해설하는 짧은 글로 시를 더 빛나게 하고 시에서 표현되지 않는 의미를 함축된 글로, 오히려 시라고 해도 될만큼 쉽게 의미를 전달한다.

육순종(목사, 기독교방송 이사장)
아침마다 전해오는 정갈한 시 한 편과 묵상, 시에 또 하나의 시가 덤으로 온다. 마음 따뜻해지는 맑은 들사람, 양재성의 러브 레터.

윤창섭(목사, 복음교회 총회장)
매일 아침 어김없이 배달되는 시와 단상은 옹달샘에서 솟아오르는 생수와 같다. 기후 변화 위기의 척박한 상황에서 새 힘을 주는 세미한 희망의 메시지이다. 지속적으로 마르지 않는 샘이 되어 많은 영혼의 마음을 깨끗하게 적셔주길 기대하고 기다린다.

이광섭(전농교회 목사)
매일 아침 배달해 주는 시 단상은 참 고마운 안부다. 계절이 어디까지 왔는지, 나와 함께 있는 사람이 누구인지, 하나님은 말없이 뭐라 하시는지 보게 한다. 깨어나지 않은 나를 조용히 흔들어 내가 서 있는 세상을 보게 한다. 그러고 보니 헤아려보지도 못한 채 그 기나긴 날 아침, 고마운 마음의 양식을 이렇게 받아 왔다.

이근복(목사, 전 NCCK 교육훈련원장)
최전방에서 군 생활할 때, 시를 적은 쪽지를 몰래 읽으며 위안을 삼았다. 더 힘든 시대를 살아가면서 매일 새벽에 올려주신 시에서 힘을 얻었고, 무딘 감수성을 조금이나마 깨울 수 있었다. 삶의 정황을 반영하여 기술한 단상은 더 큰 울림이 되었다.

이문우(전 한국교회여성연합회 총무)
그는 장수에서 농사꾼 목사로, 서울에서 마을 목회자로, 환경활동가로, 시인으로 살아간다. 매일 아침 시인들의 시를 시의적절하게 골라 올리면서 단상을 적는데 단상이 시적이고 가슴에 와닿는다. 항상 감동한다.

이은재(감리교신학대학교 교수)
신학과 시학은 삶의 고백이라는 울타리 안에 함께 산다. 신학이 맨발일 때 시학이 되고, 시학은 신학이라는 옷감이 된다. 이걸 눈치챈 양 목사가 부럽다.

이은주(샬트르 성 바오로 수녀회 수녀)
탁월한 울림을 주는 시들을 찾아내시는 목사님의 통찰에는 예리함과 겸손이 함께 묻어 있다. 마음의 중심에 본질을 꿰뚫어 사시다 가신 예수님, 그분의 깨어난 눈이 있기 때문이 아닐까?

이진형(목사, 기독교환경운동연대 사무총장)
남은 이야기들로 분주하고 소란스러운 아침. 막 길어올린 맑은 물 한 잔 같은 시와 단상은 하루를 시작하는 깊은 들숨과 날숨의 마중물이다.

이희선(서울복음교회 권사)
빛이신 예수를 따라 작은 촛불 하나 켜서 매일 아침을 밝혀주는 시와 단상이 한 권의 책으로 빛을 보게 되어 참 반갑고 기쁘다. 주님이 가장 기뻐하실 지극히 작은 자들을 품은 생명 · 평화 · 정의 그리고 거기에 사랑을 더한 그의 삶을 닮은 한 말씀 한 말씀이 나에게 희망을 노래하게 한다.

이희운(예수맘행복교회 목사)
매주 산골 장수와 도심 서울을 오가시면서 예수를 따라 걸으며 하나님 사랑, 이웃 사랑, 자기 사랑을 삶으로 깨우쳐 주고 있다.

장효수(남원제일교회 목사)
이른 아침 전해지는 맑은 마음과 아름다운 낭만 그리고 뜨거운 열정은 잠들어 있는 나의 영혼을 깨우고 무디어진 내 마음을 일으켜 세우며 삶의 방향을 끊임없이 돌아보게 한다.

정봉원(대구한실교당 교무)
아침마다 부지런함으로 하루를 열어주는 맑은 시. 땅 위의 작물을 키우듯 사람들 마음에 평화를 키워내는 농부 목사님. 이웃 종교인에게도 예수님을 만나게 해주신 그 거룩함에 무한 감사한다.

정수빈(카페 '마음앤마음' 대표)
부산한 아침에도, 정갈한 아침에도, '톡톡' 하고 시 알림이 오면 후다닥 커피 한 잔 내려 10분, 사유의 시간을 갖는다. 그 여유로움이 하루를 진중하게 살게 한다. 그래서 나는 매일 그의 단상을 기다린다. 벌써 내일 아침이 기대된다.

정지일(강릉원주대 서기관)
그의 글은 향기가 난다. 그 속에서 피어 나는 연기에 마음이 젖어 든다. 미소질 때, 얼굴을 찡그릴 때, 부끄럼에 고개 숙일 때, 언제든 두 손을 힘 있게 쥐게 하는 한 폭의 그림 같다. 그는 항시 변함없이 서 있는 들판의 소나무 한 그루다.

지현민(성락성결교회 부목사)
시와 단상은 우리의 세계와 역사 그리고 참 인간의 영혼을 비춰주는 성령의 거울이다. 그 거울 앞에 서면 섬뜩 놀라곤 한다. 그의 존재 자체가 성령의 시 같다.

지형은(목사, 한국기독교목회자협의회 대표회장)
하나님의 형상에서 사유와 그 도구인 언어가 중요하다. 언어가 응축된
것이 시어(詩語)인데, 시어에 기도가 담기면서 언어의 시원(始原)을 그
리는 순례가 시작된다. 한 순례자의 발걸음을 응원한다.

한인철(연세대학교 교수)
매일 이른 아침 배달되는 시 한 수는 나의 오늘을 밝혀줄 시의적절한
메시지이자 내가 오늘을 어떻게 살아야 할지를 가리켜주는 나침반 역
할을 한다. 거기에 한두 마디 덧붙이는 말은 그가 지금까지 치열하게
살아온 그의 삶과 시가 어떻게 만나고 있는지를 잘 보여주며 우리를 시
의 세계로 자연스럽게 안내해준다. 매일 아침 소개하는 시는 아침을 깨
우는 새소리처럼 반갑다.

한현실(예수살기문화예술위원장)
시와 단상을 통해 진솔하고 진지한 목사님의 신앙과 내면의 성숙함을
느낀다. 함께 웃고, 울고, 자아 성찰하도록 잔잔한 감동을 받는다.

황현수(대기리교회 목사)
아침밥 대신 시를 먹는다. 아무리 바빠도 하늘을 쳐다보게 하여 쉼표를
찍게 하고, 거친 호흡과 격랑에 요동치는 마음자리를 단숨에 단전 아래
까지 침잠시키는 시와 묵상! 마실수록 더 맑아지는 정한수로다.

| 인용된 시의 출처 |

가방 하나 백무산, 『거대한 일상』 (창비, 2008)

나의 배후는 너다 이수호, 『나의 배후는 너다』 (모멘토, 2006)

품 나희덕, 『그곳이 멀지 않다』 (문학동네, 2022)

병든 사람 황인숙, 『자명한 산책』 (문학과지성사, 2003)

돌멩이 하나 김남주, 『김남주 시전집』 (창비, 2014)

서시 윤동주, 『하늘과 바람과 별과 시(詩)』 (미르북컴퍼니, 2017)

4월의 꽃 신달자, 『오래 말하는 사이』 (민음사, 2014)

망월동 김진경, 게재 허락을 받지 못했습니다.

　　　　연락주시면 허락의 절차를 진행하도록 하겠습니다.

그날이 오면 심훈, 『그날이 오면』 (미르북컴퍼니, 2017)

내 아들의 6.25 반공 포스터 나해철, 『아름다운 손』 (창비, 1993)

그 손에 못 박혀버렸다 차옥혜, 「시문학」 10월호 (시문학사, 2002)

나무가 그랬다 박노해, 『그러니 그대 사라지지 말아라』 (느린걸음, 2010)

꽃에 대한 경배 정연복, 『영혼의 울림』 (도서출판 한울, 2013)

순서 안도현, 『나무 잎사귀 뒤쪽 마을』 (실천문학사, 2007)

미시령 노을 이성선, 『내 몸에 우주가 손을 얹었다』 (세계사, 2000)

오존 묵시록 이문재, 『산책시편』 (민음사, 2007)

느림 이현주, 〈민들레교회 이야기〉

민들레 이윤학, 『나는 왜 네 생각만 하고 살았나』 (생각의 나무, 2008)

도서출판 비채나는 비움·채움·나눔을 지향합니다.

시의 숲에서 건네는 희망의 메시지

마침내 우린 봄이 되고 있다

2023년 11월 15일 처음 펴냄

글쓴이 | 양재성
그린이 | 전혜성
펴낸이 | 박연숙

펴낸곳 | 도서출판 비채나
등 록 | 제 2021-000139호
주 소 | 서울시 강서구 까치산로 180-8
전 화 | 010-2314-0677
이메일 | bichaena7@gmail.com

ISBN | 979-11-977678-5-2 03810